ERREGENDES SPIEL

Das Buch

Wo „Fifty Shades of Grey" endet, fängt „Expect the Unexpected" an!
Alice genießt ihr Leben in Berlin in vollen Zügen, liebt Sex mit wechselnden Partnern – und hat trotzdem eine bisher unerfüllte Sehnsucht. Als plötzlich der englische Millionär und Starautor Sam MacAllan auftaucht, erfüllt er ihr eine wunderbare Nacht lang ihre Fantasien. Doch Sam scheint in ihr nur eine flüchtige Affäre zu sehen. Good-bye, mein Master …
Alice ahnt nicht, wie stark auch Sams Gefühle für sie sind. Bis er in einem ominösen Herrenhaus in der Nähe von London ein heimliches Treffen für sie beide arrangiert. Was erwartet Alice dort? Mit Herzklopfen lässt sie sich auf das riskante Spiel ein …

Die Autorin

Lucy M. Talisker wurde 1985 in London geboren. Ihre Eltern, beide Künstler, zogen mit ihr durch die Welt. Später besuchte sie verschiedene Internate, studierte in Berlin und begann während des Studiums zu schreiben – erotische Gedichte und Kurzgeschichten. „Expect the Unexpected – Erregendes Spiel" ist ihr erster Roman. Sie lebt mit ihren drei Katern Chico, Harpo und Groucho in Berlin, jobbt in einer Cocktailbar und wünscht sich, irgendwann vom Schreiben leben zu können.

Neugierig auf Lucy M. Talisker?
Besuchen Sie die Autorin unter
www.facebook.com/LucyTalisker

LUCY M. TALISKER

EXPECT *THE* UNEXPECTED

ERREGENDES SPIEL

Teil 1 der Trilogie

Erotischer Roman

Bibliografische Information der Deutschen Nationalbibliothek:

Die Deutsche Nationalbibliothek verzeichnet diese Publikation in der Deutschen Nationalbibliografie; detaillierte bibliografische Daten sind im Internet über http://dnb.dnb.de abrufbar.

2. Auflage

Originalausgabe 2016, books2read

© 2020 Lucy M. Talisker

Covergestaltung: books2read

Satz: books2read, biboPR & Kommunikation

Herstellung und Verlag: BoD – Books on Demand, Norderstedt
ISBN: 978-3-7519-04568

LUCY M. TALISKER

EXPECT *THE* UNEXPECTED

ERREGENDES SPIEL

Erotischer Roman

Für H. G.

Danke für deine Strenge und Nachsicht, für deine
Fantasie und Unterstützung, für deine Zuneigung und
Freundschaft

PROLOG

Alice ging eine lange, schmale Straße entlang. In der Ferne verströmte eine schwache Gaslaterne ihr gelbliches Licht. Alice bemerkte, dass sie völlig nackt war, doch das irritierte sie nicht. Außer dem Klackern ihrer hohen Absätze auf dem feuchten Asphalt, das von den Backsteinwänden widerhallte, herrschte Stille. Die Häuser hatten keine Eingangstüren, nur hoch oben ein paar kleine Fenster, die jedoch alle dunkel waren.

Plötzlich hörte sie ein anderes Geräusch – Schritte, gedämpft, wie von weichen Ledersohlen. Sie blieb unvermittelt stehen, um die Richtung zu lokalisieren, doch im selben Moment war es totenstill. Kaum setzte sie sich wieder in Bewegung, vernahm sie erneut die Schritte – hinter sich.

Statt Angst verspürte sie eher Erregung und wurde von einer unerklärlichen Neugier gepackt, wer ihr folgte. Sie verharrte, blickte sich um, konnte aber nichts erkennen. Mit zusammengekniffenen Augen starrte sie die einsame Straße hinauf und hinunter, doch da war nur Dunkelheit. Langsam ging sie weiter, als sie registrierte, dass die Schritte jetzt vor ihr waren.

Im selben Augenblick trat schemenhaft eine Gestalt aus der Schwärze. Die Gaslaterne in der Ferne umgab die Silhouette mit einem sanften Schein. An der Art, wie er sich bewegte, erkannte sie, dass es ein kräftiger Mann war, der auf sie zukam. Sie zitterte vor Aufregung, dachte aber nicht an Flucht, sondern blieb stehen und erwartete ihn. Als er sich näherte, sah sie, dass er einen langen dunklen Mantel und unter seinem Hut eine schwarze Augenmaske trug.

Schließlich stand er so dicht vor ihr, dass er Alice hätte berühren können. Doch er verharrte reglos und blickte ruhig auf sie herab. Er war mehr als einen Kopf größer als sie.

In ihrem Kopf rauschte es, die Gedanken wirbelten durcheinander, bis ihr schwindelig wurde. Was geschah hier? Was wollte der Fremde von ihr? Ein unerklärliches, nie gespürtes Verlangen ergriff von Alice Besitz. Sie hatte plötzlich den starken Wunsch, vor diesem Mann zu knien, sich ihm völlig zu unterwerfen, ganz und gar auszuliefern.

Ein schmerzhaftes und zugleich wohliges Ziehen im Unterleib ließ sie leise aufstöhnen. Sie hatte kurz das Gefühl zu ersticken und saugte reflexartig Luft ein. Ihr eigener Atem kam ihr plötzlich übermäßig laut vor und erschreckte sie. Unsicher blickte sie zu dem Unbekannten auf und sah seine dunklen Augen hinter der Maske gefährlich aufblitzen.

Gleichzeitig öffnete er schweigend seinen Mantel. Sie konnte nicht erkennen, was darunter war. Ohne ein Wort machte er noch einen Schritt auf sie zu und bedeckte ihren nackten Leib mit dem kühlen, weichen Leder. Als er die Arme langsam um sie schloss, verschwand sie vollständig unter der Umhüllung. Alice kam es magisch vor, dass sie genau in diese unergründliche Höhle passte, in der sie etwas bisher Ungeahntes, das sie unwiderstehlich anzog, erwartete.

Sein mächtiger Körper, an den sie sich bereitwillig schmiegte, strahlte Hitze aus. Der Duft frischen Schweißes und der Ledergeruch umhüllten sie wie eine zweite Haut.

Der Mann drückte sie hart an sich. Ihre zarten Brustwarzen pressten sich schmerzhaft gegen seinen Oberkörper. Sie sog seinen herben Geruch ein. Schließlich lockerte er den Griff ein wenig, und Alice verstand instinktiv, was er von ihr erwartete.

Sie ließ sich vor ihm auf die Knie sinken. Es schmerzte leicht, als ihre Knie den kalten Asphalt berührten. Das war jedoch sogleich vergessen, als sie seinen harten Schwanz an ihrer Wange spürte. Mit einem Ruck bewegte er die Hüfte, sodass seine Männlichkeit fordernd an ihre Lippen stieß. Wie selbstverständlich öffnete Alice den Mund, befeuchtete sich mit der Zunge und nahm ihn zwischen ihren Lippen auf. Sie spürte seine Hand an ihrem Hinterkopf, und im selben Moment stieß er zu.

Sie meinte zu ersticken, soweit schob er seinen Phallus in ihren Rachen. Er zögerte den Moment ein wenig hinaus, bevor er sich etwas zurückzog. Sie atmete durch die Nase und genoss das Aroma, war wie berauscht davon. Willig schob sie ihm ihren Kopf entgegen, verschlang ihn wieder und saugte an ihm. Erneut spürte sie den Druck am Hinterkopf und ließ sich von seiner Hand den Rhythmus vorgeben. Rein und raus, rein und raus – immer schneller.

Lustvoll stöhnte sie auf und öffnete dabei ihre Lippen. Augenblicklich zog er seinen Schwanz aus ihr heraus. Doch sie wollte weiter an ihm saugen und lecken, ihn nie wieder loslassen. Kurz bevor er sich ganz zurückziehen konnte, umschloss Alice ihn eng und ließ die Zunge um seine Eichel kreisen. Sie reizte ihn mit dem sanften Knabbern ihrer Zähne, leckte ihn.

Währenddessen hörte sie, im Innern seines Mantels, nur ihr eigenes Saugen und Stöhnen. Willig nahm sie seinen harten Schwanz wieder ganz in sich auf und bewegte sich mit ihm, im immer schneller werdenden Rhythmus, vor und zurück. Sie spürte den Schmerz im angespannten Kiefer und wie sich ihre Zähne von innen in die Lippen, die ihn umschlossen hielten, bohrten, doch er ließ ihr keine Wahl. Sie fügte sich und saugte mit Hingabe. Wie lange sie so vor ihm kniete, wusste sie nicht – sie hatte sich völlig in ihrer Lust aufgelöst.

Dann stieß er ein weiteres Mal zu und ergoss sich in ihren Mund. Sie schmeckte seinen salzigen Saft, als sie ihn dankbar schluckte, leckte jeden Zentimeter seines pulsierenden Schwanzes ab, ließ sich den Geschmack wie einen edlen Wein auf der Zunge zergehen und genoss ihn bis zum letzten Tropfen.

Erschöpft sank sie in sich zusammen und kauerte auf ihren schmerzenden Knien. Doch er ließ ihr keinen Moment der Ruhe. Seine Arme zogen sie hoch, und als er den Mantel über ihr öffnete, begegneten sich ihre Blicke. Alice konnte die Befriedigung in seinen Augen sehen und ein leichtes Lächeln, das über seine Lippen zuckte.

Er sagte kein Wort, sondern fasste sie an den Schultern und drehte sie von sich weg. Sie fröstelte ohne die Glut seines Körpers und spürte das kalte Leder seines Mantels an ihrem Rücken, als seine Finger begannen, ihren Körper zu erkunden.

Er umfasste ihre Brüste, die genau für seine Hände geschaffen zu sein schienen, und massierte sie mit hartem Griff. Er spielte mit den Nippeln, die sich in der Nachtkühle aufgerichtet hatten. Als er plötzlich fest zukniff, durchfuhr der Schmerz ihren Körper, ihr Unterleib zuckte reflexartig, und Alice stöhnte laut auf.

„Still!", mahnte seine tiefe Stimme streng.

Zum ersten Mal hatte er zu ihr gesprochen. Sie hielt den Atem an und verharrte. Alice wünschte sehnlichst, dass er weiter zu ihr sprechen möge, ihr erklären, was mit ihr passierte, doch stattdessen drückte seine kräftige Hand ihren Oberkörper stumm nach vorne, und er trat einen Schritt zurück. Sie wagte nicht, sich zu rühren. In demutsvoll gebeugter Haltung stand sie nackt auf dem Asphalt und erwartete, was er jetzt mit ihr tun würde.

Sie hörte das Rascheln des Mantels. Was tat er? Seine begierigen Blicke, auf ihren hochgereckten Hintern und die leicht gespreizten Beine, konnte sie förmlich spüren. Dann vernahm sie ein leises Sirren in der Luft. Sie versuchte noch, den Kopf zu drehen, doch im selben Moment wurde das Geräusch lauter, und gleich darauf hörte sie es Klatschen. Erschrocken stieß sie einen Schrei aus, als ein brennender Schmerz sie durchfuhr. Wie zur Antwort sauste schon der nächste, härtere Schlag auf ihren Po nieder.

Eine Peitsche! Alice stöhnte unterdrückt auf. Er peitscht mich aus …

Automatisch versuchte sie, sich aufzurichten, um weiteren Schlägen auszuweichen. Doch augenblicklich zwang er sie mit harter Hand zurück in die demütige Haltung, um mit einer fließenden Bewegung weiter zu ihrem brennenden Hintern zu gleiten. Das Gefühl seiner kühlen Hand, die zärtlich über die frischen Striemen strich, war unbeschreiblich. Alice konnte nicht anders, als lustvoll aufzuseufzen, als sie spürte, wie seine Finger zwischen ihre Beine glitten.

Doch dieser Laut brachte ihr einen weiteren Hieb mit der Peitsche ein. Statt erneut loszuschreien, biss sie diesmal auf ihre Faust und ertrug das Brennen. Wie zur Belohnung spürte sie seine Hand, die sie mit sanftem Druck massierte. Gleichzeitig packte er sie fest an der Hüfte, sodass sie sich ihm nicht entziehen konnte.

Alice reckte sich ihm ungeduldig entgegen. Doch er ließ sich Zeit, erkundete sie Millimeter für Millimeter.

Als er endlich mit zwei Fingern in sie eindrang, musste Alice wieder auf ihre Faust beißen, um nicht laut aufzuschreien. Eine Woge der Lust drohte sie mit sich zu reißen, als er sie tief in ihrem Innern berührte. Sie schwankte auf ihren hohen Schuhen, doch sein unerbittlicher Griff um ihre Hüfte hielt sie.

Alice sehnte sich danach zu kommen, doch plötzlich zog er seine Finger aus ihr heraus. Ungläubig schnappte sie nach Luft. Warum hörte er jetzt auf? Bevor sie reagieren konnte, spürte sie etwas Hartes zwischen ihren Beinen.

Oh, ja, bitte!, fuhr es ihr durch den Kopf, als er seinen Schwanz kräftig in sie hineinstieß. Alice biss sich ihre Fingerknöchel wund, als sie versuchte, ihre Lustschreie zu unterdrücken. Wieder und wieder spießte er sie von hinten auf und steigerte ihre Wollust in ungeahnte Höhen. Er musste spüren, dass sie jede Sekunde kommen würde, denn plötzlich beugte er sich ein Stückchen zu ihr herunter und flüsterte in ihr Ohr:

„Jetzt …!"

Seine Stimme löste die Explosion in ihrem Körper aus. Sie schrie laut auf, als sie wieder und wieder kam. Die multiplen Orgasmen überstiegen alles, was sie bisher erlebt hatte. Alice schrie, bäumte sich auf und sackte schließlich in sich zusammen, als er seinen Schwanz aus ihr herauszog.

Mit geschlossenen Augen und angezogenen Knien lag sie völlig erschöpft, zitternd vor Lust, auf dem Asphalt, der ihr in diesem Moment warm und weich wie ein tropischer Sandstrand vorkam. Tränen des Glücks liefen ihr übers Gesicht, als sie spürte, wie seine Hand ihr zärtlich übers Haar strich. Ohne ein Wort stieg er über sie hinweg. Alice erschauerte wohlig, als der Saum seines Mantels über ihren Körper strich. Auf leisen Sohlen verschwand er in der Nacht.

Als ihr Atem endlich wieder ruhiger ging, öffnete sie vorsichtig die Augen und blinzelte. Um sie herum war es plötzlich gleißend hell. Hunderte Scheinwerfer strahlten sie aus den Fenstern hoch oben an. Geblendet legte sie die Hände vor die Augen, stützte sich verwirrt auf die Ellenbogen und entdeckte etwas Glitzerndes, das neben ihr, auf ihrem langen Haar lag. Fasziniert betrachtete sie die goldene Kette mit dem länglichen Anhänger. Sie musste lächeln, als sie erkannte, was es war: eine winzige Peitsche …

Wacklig erhob sie sich auf den Pumps und wurde sich plötzlich wieder bewusst, dass sie völlig nackt in dem sie von allen Seiten bescheinenden grellen Licht stand. Sie versuchte instinktiv, ihre Brust und Scham mit den Händen zu bedecken, doch immer wenn sie ihre eigene Haut berührte, brannte es wie Feuer. Schließlich begriff sie, dass es sinnlos war, und im selben Moment fühlte sie sich leicht und wie von einer Last befreit. Sie breitete die Arme weit aus, stellte sich mit gespreizten Beinen auf die Straße und genoss lachend die Strahlen der Scheinwerfer.

Verschwitzt wachte Alice mitten in der Nacht auf. Sie war außer Atem, blinzelte in das Licht der Nachttischlampe und blickte sich suchend um. Es dauerte einen Moment, bis sie realisierte, dass alles nur ein erotischer Traum gewesen war. Zwischen Erleichterung und Enttäuschung überlegte sie, was es bedeuten mochte, dass sie sich einem fremden Mann freiwillig so völlig ausgeliefert hatte und dabei mehr Lust empfunden hatte als bei all den Männern, mit denen sie bisher zusammen gewesen war.

Okay, sie hatte Spaß am Sex, doch irgendetwas Anderes, Dunkles schien da in ihr zu schlummern, das sie bis jetzt mit niemandem ausgelebt hatte. Keiner ihrer bisherigen Liebhaber hatte die faszinierende Dominanz ausgestrahlt, die sie sich in ihrem Innern zu wünschen schien.

Als Alice die deutlichen Bilder ihres Traums erneut vor ihrem geistigen Auge vorüberziehen ließ, verstand sie, dass der zugleich unheimliche und anziehende Mann kein Unbekannter war. Hatte er nicht ein bisschen Ähnlichkeit mit jemandem, den sie früher gekannt hatte …? Lächelnd löschte sie das Licht, kuschelte sich in ihre Decke und tauchte wieder in ihre Fantasien ab.

1. KAPITEL

„Jetzt ist endgültig Schluss!"

Wütend drehte sie sich um, riss die Wohnungstür auf und knallte sie mit Schwung hinter sich zu. Die schwere Holztür vibrierte kurz nach, dann war es still. Alice blieb einen Moment lang im dunklen Treppenhaus stehen und lauschte. Nichts. Er versuchte nicht mal, sie aufzuhalten. Kein Protest oder wenigstens ein ungläubiger Ausruf. Kein Versuch, sie umzustimmen. Er stand hinter der Tür in seinem Flur und tat – nichts! Obwohl sie fest entschlossen war, die ewig gleiche Diskussion mit ihm ab heute nie wieder zu führen, war sie dennoch etwas enttäuscht, dass er ihren filmreifen Drama-Queen-Abgang einfach so hinzunehmen schien. Das brachte sie noch mehr in Rage. Genervt knallte sie ihre Faust auf den Lichtschalter und stöckelte extra laut die Treppen vom Dachgeschoss hinunter. Vielleicht überlegte er es sich ja doch noch anders, wenn er hörte, dass sie ernst machte und tatsächlich ging. Aber nichts geschah.

Dann eben nicht!, dachte sie und warf den Kopf trotzig in den Nacken. Ich will ja sowieso nichts mehr mit diesem Idioten zu tun haben. Als wenn ich den brauchen würde. Ha!

Als sie die schwere Haustür zur Straße aufzog, fröstelte sie. Sie zog ihren schwarzen Lackmantel eng an den Körper. Ihre Hände tasteten vergeblich nach dem Gürtel. Verdammt, der liegt oben im Schlafzimmer! Aber deshalb gehe ich jetzt bestimmt nicht noch mal zurück!

Energisch krallte sie ihre Finger in den Lack und hielt den Mantel so gut wie möglich geschlossen. Wenn das Ding wenigstens Knöpfe hätte!

Vor einer halben Stunde war sie allerdings noch froh gewesen, dass nichts dergleichen Marcels Hände davon abgehalten hatten, den Mantel mit einem einzigen entschiedenen Griff zu öffnen.

Sie hatte es genossen, seinen Blick zu spüren, als er ihr die Wohnungstür öffnete und sie lässig eingetreten war. Er hatte es kaum abwarten können, sie direkt in sein Schlafzimmer zu ziehen. Als er den Lackmantel mit einem Ruck aufzog, stand sie nackt, nur in schwarzen Strapsen und Nylons, vor ihm. Die Hände lässig auf die Hüften gelegt, hatte sie den Moment seines Erstaunens voll ausgekostet. Während sie den Mantel langsam über ihre Schultern zu Boden gleiten ließ, machte sie einen Schritt zurück, damit er sie ausgiebig bewundern konnte.

„Wie geil ist das denn?", hatte er gestammelt, während er jeden Quadratzentimeter ihres Körpers fasziniert anstarrte.

„Das ist alles deins … Wenn …"

„Wenn was?" Er sprach wie hypnotisiert mit ihren Brüsten.

„Das geile Programm könntest du immer haben, wenn …" Sie lächelte vielsagend. Verwirrt blickte er ihr schließlich in die Augen.

„Wie jetzt, immer? Was meinst du?"

„Wenn du dich endlich scheiden lässt!", erwiderte sie mit Nachdruck. Ein Schatten huschte über sein Gesicht.

„Aber ich bin doch schon seit Jahren von Vera getrennt. Was willst du denn noch?"

„Das, was ich von Anfang an wollte – eine Beziehung mit Zukunft!"

Sie sah ihn herausfordernd an. Alle Geilheit war augenblicklich aus seinem Blick verschwunden.

„Was soll das heißen? Zukunft? Also, ich bin zufrieden, so wie es ist. Und wie ich sehe, fällt dir immer noch eine Steigerung ein. Ist doch alles perfekt. Oder?"

Damit war die Diskussion eröffnet. Seit einem knappen Jahr waren sie ein Paar. Marcel, der erfolgreiche Arzt, Anfang vierzig, durchtrainierter Körper dank Tennis, Vater einer vierjährigen Tochter. Er war intelligent, amüsant, attraktiv – und noch immer verheiratet. Mit dem Kind, das nur ab und zu mal bei ihm übernachtete, wenn Vera es erlaubte, hatte Alice sich arrangiert. Allerdings nervte es sie, dass die Ex auch drei Jahre nach der Trennung zwei komplette Schränke in Marcels Zweihundertfünfzig-Quadratmeter-Dachgeschoss mit ihren zurückgelassenen Designer-Klamotten und -Schuhen belegte. Ihn schien diese andauernde Präsenz seiner Exfrau nicht zu stören. Er hatte genügend Platz in den anderen Schränken und kümmerte sich nicht darum.

Aber Alice konnte es nicht ertragen. Ihr weiblicher Instinkt sagte ihr, dass das Taktik war. Damit wollte Vera ihrer Nachfolgerin demonstrieren, dass sie noch immer Teil von Marcels Leben war. Sie hatte ihr Revier nachhaltig markiert. Nachdem Alice' Bitten und Sticheleien nicht gefruchtet hatten, hatte sie vor ein paar Wochen die Gelegenheit genutzt, Fakten zu schaffen. Als Marcel mit einem Freund beim Tennistraining war und sie in seiner Wohnung auf ihn wartete, hatte sie in der Küche eine Rolle mit blauen Müllsäcken gefunden. In diese stopfte sie mit spitzen Fingern sämtliche Schickimicki-Klamotten der Ex und deponierte sie demonstrativ direkt neben der Haustür. Befriedigt von ihrer spontanen Aktion lauerte sie auf dem Sofa auf Marcels Reaktion.

Als er schließlich zurückkam, stolperte er über eine der Tüten, die sie direkt an der Wohnungstür platziert hatte, und ein Dutzend Designer-Schuhe ergossen sich polternd aufs Parkett. Alice lehnte sich auf dem Sofa zurück und freute sich schon darauf, dass er explodierte. Doch anstatt zu kapieren, was diese bühnenreife Demonstration zu bedeuten hatte, rief er nur irritiert in

Richtung Wohnzimmer: „Wusste gar nicht, dass Vera noch so viele Sachen hier hat. Warum hast du die alle aus den Schränken gekramt?“

Da platzte Alice der Kragen. Sie stürmte in den Flur, baute sich wütend vor ihm auf und raunzte ihn an: „Ich hab dir schon mehrfach gesagt, dass es mich nervt, ständig daran erinnert zu werden, dass meine Vorgängerin in deinem Leben noch immer sehr präsent ist!“

„Sie ist schließlich die Mutter meiner Tochter. Und wenn ich sie vergrätze, darf die Kleine nicht zu mir kommen“, rechtfertigte er sich lahm.

Immer die gleiche Leier! „Du lässt dich von der Schlampe erpressen“, schleuderte Alice ihm entgegen.

„Quatsch. Ich will ihr jetzt doch auch den Porsche wieder abnehmen, den ich ihr vor zwei Jahren gekauft hab. Willst du den nicht fahren?“ Er sah sie erwartungsvoll an.

Alice schnappte nach Luft. Wie konnte er glauben, dass er sie damit besänftigen könnte?

„Ich lege keinen Wert auf die abgelegten Luxusgüter deiner Ex!“, versetzte sie kühl.

Sie hatte von Anfang an darauf bestanden, dass sich ihre gemeinsamen Ausgaben für Essen und Reisen die Waage hielten. Obwohl er wesentlich mehr Geld hatte. Aber lieber nutzte sie ihren Dispokredit voll aus, als sich nachsagen zu lassen, sie sei auf seinen Reichtum aus. Sie wollte sich nicht kaufen lassen, sondern eine Beziehung auf Augenhöhe. Das mit der Augenhöhe hatte sie bisher ganz gut hingekriegt, aber an der Beziehung arbeitete sie immer noch …

Solange Marcel weiterhin in derselben Wohnung lebte, die er gemeinsam mit seiner Familie bewohnt und eingerichtet hatte, konnte sich Alice kein Zusammenleben mit ihm vorstellen. Auf dem stylischen Ledersofa zu sitzen, das wahrscheinlich seine Ex ausgesucht hatte, von dem kitschigen Versace-Geschirr zu essen, das genau nach

Veras Geschmack war, und mit Marcel in demselben Bett zu liegen, in dem er früher mit der anderen geschlafen hatte, passte Alice überhaupt nicht. Ihr Ego sträubte sich vehement dagegen, dass er nur die Frau an seiner Seite ausgewechselt hatte, aber ansonsten aus Bequemlichkeit alles beim Alten beließ. Das entsprach nicht ihrer Vorstellung von einer Partnerschaft mit Perspektive.

Ein paar Wochen am Stück schaffte sie es dennoch, alles, was sie nervte, zu ignorieren und mit Marcel Harmonie und Zweisamkeit zu zelebrieren. Sie hoffte, dass die Zeit für sie arbeiten und er irgendwann einsehen würde, dass er etwas ändern musste, um sie zu halten. Und genügend Gründe dafür hätte er gehabt.

Alice war fünfundzwanzig, unkompliziert, fröhlich, selbstständig und attraktiv. Sie verdiente ihr eigenes Geld als Texterin in einer Werbeagentur. Ihre kastanienbraunen Locken fielen bis über die Schultern, sie war schlank, hatte appetitliche, kleine Brüste, einen prallen, straffen Hintern und betonte ihre weibliche Figur gerne mit sexy Outfits. Sie war nicht gerade der Typ „Rasseweib", aber schon durch ihre 1,79 Meter Größe alles andere als eine unscheinbare, graue Maus.

Alice war in jeder Beziehung neugierig und offen für Experimente. Langeweile und Spießigkeit ödeten sie an. Eigentlich hatte sie nie heiraten wollen, allerdings in letzter Zeit immer mal wieder darüber nachgedacht, ob es nicht schön wäre, endlich irgendwo anzukommen, zu jemandem dazuzugehören und sich geborgen zu fühlen.

Als sie Marcel kennenlernte, hatte sie vom ersten Moment an das Gefühl, dass er der Richtige für sie sein könnte. Sie hatten viel gelacht, miteinander gekocht, edlen Rotwein getrunken, nächtelang geredet und waren gemeinsam in sein Haus in der Toskana gereist. Abgesehen von der italienischen Musik, die er liebte, und die sie grauenhaft fand, waren sie wie füreinander geschaffen.

Auch beim Sex harmonierten sie. Alice genoss es, wenn er sie dabei dominierte. Während sie in ihrem sonstigen Leben Wert auf Selbstständigkeit legte und gerne die Zügel in der Hand hielt, liebte sie es, sich beim Sex gehen und vom Mann führen zu lassen.

Allerdings spürte sie, dass er im Bett nur den Macho spielte, doch sie redete sich ein, dass das mit der Zeit schon besser werden würde. Immerhin schaffte er es meist, sie zum Höhepunkt zu bringen. Wenn sie dann zufrieden in seinen Armen lag, schöpfte sie jedes Mal erneut Hoffnung, dass er am Ende genau das Gleiche fühlte und wollte wie sie.

Doch der nächste Krach war vorprogrammiert, wenn sie mitbekam, wie er seiner Ex schmeichelte, weil er seine Tochter am Wochenende sehen wollte. Und natürlich konnte Vera nach kurzer, heftiger Diskussion am Telefon, von der Alice nur Marcels lahme und erfolglose Argumentation auf seiner Seite der Leitung aufschnappte, ihren Porsche behalten. Er war mal wieder eingeknickt und hatte sich von ihr um den Finger wickeln lassen. Alice war wütend, als ihr bewusst wurde, dass sie ständig zurückstecken und Kompromisse eingehen musste, während die Andere mit ein bisschen Druck problemlos alles bekam, was sie wollte.

Nach dem letzten Streit war Alice mitten in der Nacht aufgestanden, hatte sich angezogen und war ohne ein weiteres Wort in ihre Zweizimmerwohnung gefahren. In die hatte Marcel noch nie seinen Fuß gesetzt, sondern bestand darauf, dass sie sich grundsätzlich bei ihm im Dachgeschoss trafen, wo er sich heimisch fühlte und sie immer nur zu Gast war. Obwohl sie mindestens zwei bis drei Abende pro Woche bei ihm verbrachte, hatte er ihr keinen eigenen Schlüssel für seine Wohnung anvertraut.

Nach ihrem dramatischen nächtlichen Abgang hatte sie drei Tage lang darauf gehofft, dass Marcel sich melden und sie um Verzeihung bitten würde. Als das nicht passierte, schluckte sie ihren Stolz mal wieder herunter, überließ ihrer Sehnsucht nach seinem Körper den Sieg und rief ihn an. Er klang am Telefon so wie immer – als wenn es das Normalste der Welt wäre, dass sich seine Freundin seit Tagen nicht gerührt hatte. Er war gewohnt charmant, sagte ihr, dass er sie vermisse, und fragte fröhlich, wann sie denn vorbeikäme. Den vorangegangenen Streit schien er vergessen oder verdrängt zu haben. Alice begriff, dass sie ihre Taktik ändern musste, und beschloss, lieber die Waffen einer Frau einzusetzen.

Noch am Abend war sie zu ihm gefahren. Als Versöhnungsgeste ließ sie sich etwas Besonderes einfallen. Auch wenn der Dispo schon fast ausgereizt war, hatte sie schwarze Strapse und glänzende Nahtstrümpfe gekauft. In ihrem Schrank suchte sie nach dem langen Lackmantel und den schwarzen Stilettos. Sie probierte das sexy Outfit vor dem Spiegel an und war von der Wirkung selbst fasziniert.

Also, wenn er das Angebot ausschlägt, ist ihm nicht zu helfen, motivierte sie sich. Sobald er mich so sieht, wird er mir keinen Wunsch abschlagen können. Vielleicht wird dann auch der Sex mit ihm etwas interessanter und härter … Damit ist die Ex endgültig Geschichte! Er wird sich scheiden lassen und mit mir ein neues Leben anfangen. Wäre doch gelacht. Ich bin pure Erotik auf zwei sehr ansehnlichen Beinen.

Wenige Stunden später stand eine bibbernde Alice fluchend auf der nächtlichen Straße in Charlottenburg und hoffte, dass bald ein freies Taxi vorbeikommen würde. Der Abend war leider völlig schiefgelaufen.

Immerhin hatte ich einen filmreifen Abgang. Jetzt weiß er, dass endgültig Schluss ist! Was bildet der Typ sich ein? In Berlin laufen noch tausende andere attraktive, intelligente und charmante Männer rum! Na ja, ein paar stecken noch in Beziehungen, sind schwul oder haben ein schräges Ding mit ihrer Ex laufen, aber irgendwo dazwischen sind die Guten. Ab sofort bin ich wieder auf dem Markt und auf der Pirsch. Von Beziehungsversuchen mit Blümchensex und gespielter Dominanz hab ich jedenfalls die Nase gestrichen voll! Ich brauche einen richtigen Kerl …

Alice lächelte vor sich hin, als sie das gelbe Taxi-Schild auf sich zukommen sah. Sie winkte kurz, und sofort hielt der Fahrer direkt vor ihr an.

„Nach Kreuzberg, Marheinekeplatz, bitte", sagte sie und ließ sich in die Ledersitze zurücksinken. Der Lackstoff quietschte leise, als sie es sich auf der Rückbank bequem machte. Dabei öffnete sich der Mantel einen Moment lang über ihrem Dekolleté und entblößte ihre Brust. Im Augenwinkel bemerkte Alice, dass der junge Fahrer im Rückspiegel einen interessierten Blick darauf warf. Sie zwinkerte ihm kurz zu und lehnte sich zufrieden zurück.

2. KAPITEL

Die nächsten Tage waren fürchterlich. Alice versuchte, sich so gut wie möglich abzulenken, machte freiwillig Überstunden, ging abends ins Fitnessstudio und traf sich mit Freunden, die sie in letzter Zeit vernachlässigt hatte. Doch irgendwann saß sie unweigerlich wieder zu Hause auf dem Sofa, hörte melancholische Musik, probierte zu lesen oder ließ den Fernseher laufen. Doch wenn sie in einen Liebesfilm zappte oder einfach nur ein Glas italienischen Rotwein trank, war es vorbei mit ihrer Selbstbeherrschung. Zigmal griff sie dann zum Telefon, fing an, seine Nummer zu wählen, und legte vor der letzten Ziffer wieder auf.

Ich benehme mich wie ein blöder Teeny. Wie kann man nur so bescheuert sein?, maßregelte sie sich selbst. Der Typ tut mir nicht gut! Außerdem hat mir beim Sex immer was gefehlt, und er hat mir auch nie gesagt, dass er mich liebt. Arschloch! Es war die richtige Entscheidung, jetzt endgültig Schluss zu machen. Der hätte sich doch nie geändert! Und ich war diejenige, die ihn in den Wind geschossen hat – nicht umgekehrt! Alice trank einen Schluck Rotwein und überlegte. Aber wieso tut es dann mir so weh? Sie ließ sich tief in Selbstmitleid und Liebeskummer fallen und heulte einen Haufen Kleenex voll.

Nach einer Woche war es plötzlich vorbei. Alice horchte am Abend angestrengt in sich hinein und stellte überrascht fest, dass sich der Trauerkloß in ihrem Magen aufgelöst hatte. Sie öffnete eine Flasche Bier, legte laut Discomusik auf, drehte laut auf und sang aus voller Kehle mit, während sie durch ihre Wohnung tanzte.

Ich hab's hinter mir! Marcel ist Geschichte! Ha! Ab jetzt nehme ich mir nur noch, wozu ich Lust hab.

Keine Gefühlsduselei mehr! Ich will Spaß! Und endlich wilden, harten Sex!

Etwas außer Atem ließ sie sich aufs Sofa plumpsen.

Und wie fange ich das jetzt an? Ich kann doch nicht in die nächste Kneipe rennen und einen Kerl aufreißen. Das funktioniert nicht. Höchstens einen Barkeeper … Der kann wenigstens nicht weglaufen, und man hat ihn lange genug im Visier. Hm. Nee, das muss ja jetzt auch nicht von heute auf morgen passieren. Vielleicht sollte ich erst mal etwas Grundsätzliches in meinem Leben ändern.

Alice grübelte darüber nach, was das sein könnte. Endlich kam ihr eine Idee!

Eine neue Wohnung! Das ist es! Ja, ich werde mir erst mal ein passendes Domizil zulegen. Aus der kleinen Bude bin ich jetzt echt rausgewachsen.

Sie sprang auf und holte ihren Laptop. Mit ein paar Klicks war sie auf einer Immobilienseite und checkte die Angebote.

Da klingelte das Telefon.

Wie das Karnickel vor der Schlange starrte Alice den Apparat an. Es war bereits nach Mitternacht. Wer konnte das jetzt noch sein? Na, wer wohl. Das hörte man doch schon am Klingeln …

Nach dem fünften Läuten hielt sie es nicht mehr aus. Sie nahm den Hörer in die Hand, drückte die grüne Taste und meldete sich betont gelangweilt.

„Ja? Hallo?“

„Und?“

Es war Marcel.

Sie wartete, doch es kam nichts weiter. Natürlich! Nur dieses dämliche, fragende „Und“. Das war sein üblicher Spruch am Telefon. Er rief an, und statt zu sagen, was er wollte, war da immer nur dieses eine kurze Wort.

Früher hatte sie das als liebevolle Marotte hingenommen und jedes Mal selbst das Gespräch eröffnet. Doch die Zeiten waren seit Kurzem endgültig vorbei.

„Es hat sich ausgeUndet!", blaffte sie ins Telefon, drückte entschlossen die rote Taste und entfernte Marcel per Knopfdruck endgültig aus ihrem Leben.

Befriedigt lehnte sie sich zurück und amüsierte sich über das Klingeln, das jetzt erneut erklang. Nach dem zehnten Mal gab er auf. Danach herrschte Stille. Und Alice genoss die Ruhe. Sie fühlte ich gut. Sie war stark geblieben und hatte sich nicht wieder einwickeln lassen. Nein, von Halbheiten und Kompromiss-Beziehungen hatte sie ab sofort genug.

3. KAPITEL

Der weiße Jugendstilbau machte einen hochherrschaftlichen Eindruck. Alice war etwas zu früh dran und wartete vor dem Eingang auf den Makler. Sie sah sich auf der Straße um und nahm den schweren, süßlichen Geruch wahr, der in der Luft lag. Er kam von den japanischen Kirschblütenbäumen, die die Einbahnstraße säumten. Sie sog den Duft genießerisch ein und schloss die Lider.

Herrlich! Die Gegend gefällt mir schon mal sehr gut. Hoffentlich ist die Wohnung auch so toll, wie sie auf den Bildern im Internet aussah, dachte sie, als eine Stimme sie ansprach.

„Sind wir miteinander verabredet?"

Überrascht öffnete sie die Augen und erblickte einen jungen Mann in Jeans, weißem Hemd mit Krawatte und dunkelblauem Trenchcoat, der sie freundlich anlächelte. Er hatte kurze schwarze Haare und rund um die Augen winzige Lachfältchen.

„Mein Name ist Bergson. Ich bin der Makler. Haben wir telefoniert?", fragte er, während er sie eingehend musterte.

„Oh, hallo! Ja, wir haben vorgestern miteinander gesprochen. Ich bin Alice Simon und interessiere mich für die Altbauwohnung hier im Haus."

„Dann will ich Sie nicht länger auf die Folter spannen", erwiderte er. „Wenn Sie mir folgen wollen?" Mit einer einladenden Handbewegung drehte er sich zur Haustür um und schloss auf. Alice betrachtete fasziniert seinen breiten Rücken.

Turner oder Schwimmer, überlegte sie. Auf jeden Fall machte er einen durchtrainierten Eindruck.

Sie folgte ihm zu dem alten Holzfahrstuhl, den er mit einem Schlüssel öffnete. Mit lautem Rasseln schob er das schwere Metallgitter auf und ließ ihr den Vortritt. Der Boden federte leicht nach, als auch er den winzigen Lift betrat. Sie standen sich direkt gegenüber und lächelten einander unsicher an, als sich der antike Aufzug mit einem Ruck in Bewegung setzte.

Ganz schön eng hier, ging es Alice durch den Kopf. Aber nicht unangenehm. Der Mann riecht so gut … Was ist das? Davidoff oder Issey Miyake?

„Da sind wir", verkündete er im vierten Stock und hielt Alice höflich die Tür auf. Als sie an ihm vorbeiging, fiel hinter ihr das Metallgitter scheppernd zu. Dann war es still im Treppenhaus. Doch in der Luft lag ein Knistern.

Herr Bergson schloss die Wohnungstür. Vor Alice lag ein breiter Flur mit frisch abgeschliffenem Parkett. Der Holzgeruch stieg ihr angenehm in die Nase. Rechts ging die Wohnküche ab, links das Gästebad. Alles war renoviert, und der helle Boden glänzte. Sie betrat das Wohnzimmer, das durch eine Schiebetür mit dem Esszimmer verbunden war.

„Wow!", entfuhr es Alice. „Das ist ja riesig. Und so hell."

„Ja, die Fensterfront geht nach Südwesten raus, da haben Sie jede Menge Licht und Sonne", erklärte Herr Bergson, der ihr langsam gefolgt war. „Und dort durch das Berliner Zimmer geht's zum Bad und dahinter ist das Schlafzimmer. Soll ich es Ihnen zeigen?"

Alice meinte, dabei ein leichtes Zittern in seiner Stimme vernommen zu haben. Auf jeden Fall spürte sie ein Kribbeln, als er das Wort „Schlafzimmer" aussprach. Sie drehte sich um und lächelte ihn an. Er war wirklich attraktiv, sicher 1,90 Meter und hatte ein jungenhaftes Grinsen, als er sie jetzt auffordernd ansah.

Der ist doch noch keine zwanzig – bisschen jung, überlegte sie kurz, antwortete jedoch: „Aber gerne. Ich bin ja hier, damit Sie mir alles zeigen …"

Seine Augen blitzten schelmisch auf. „Dann folgen Sie mir bitte hier entlang."

Sie heftete ihren Blick auf seinen Rücken. Der Trenchcoat verhinderte die Aussicht auf seinen Hintern, aber der kräftige Nacken gefiel ihr. Alice überlegte, ob sein Po genauso durchtrainiert und knackig wie sein Oberkörper wäre, als er schon in den nächsten Raum deutete und geschäftsmäßig erklärte: „Die Wanne ist übrigens gleichzeitig ein Whirlpool."

Das frisch gekachelte Bad mit Dusche und großer Eckbadewanne war in anthrazitfarbenem Granit gehalten.

„Toll! Ich liebe es zu baden, und wenn's dann noch blubbert – großartig!", antwortete sie begeistert.

„Hier nebenan ist noch ein Raum, den man als Gäste- oder Ankleidezimmer nutzen kann."

Alice warf einen kurzen Blick hinein, hatte aber längst andere Dinge im Kopf.

„Und wo ist jetzt das Schlafzimmer?"

Er sah sie leicht verunsichert an.

„Äh, das ist hier. Bitte entschuldigen Sie, dass es noch nicht ganz fertig ist. Hier steht noch das Bett der Vormieter drin …"

Alice sah ein überdimensionales, schmiedeeisernes Bettgestell. Auf der breiten Matratze lag ein dunkelroter Überwurf.

„Das ist ja gigantisch", platzte sie begeistert heraus. Sie riss sich zusammen und fuhr möglichst sachlich fort: „Also dafür, dass hier bis vor Kurzem noch die Handwerker gearbeitet haben, sieht doch alles sehr sauber aus."

„Ich hab gestern die Decke besorgt, damit die Wohnungsinteressenten in jeder Beziehung einen guten Eindruck bekommen …", erklärte er lächelnd. „Das Bett ist übrigens absolut in Ordnung. Der Vormieter hat es nur stehen lassen, weil es nicht in seine neue Wohnung passt. Wenn Sie wollen, können Sie es behalten.“

„Wirklich?“

„Ja, es ist praktisch neu – eine Spezialanfertigung, 2,50 mal 2,50“, verkündete er stolz.

Interessiert steuerte Alice direkt auf das angepriesene Möbelstück zu und betrachtete es fasziniert. Ein echtes Lotterbett. Das brachte sie auf Ideen … Ganz schön verlockend … Prüfend drückte sie mit der Hand auf die Matratze.

„Oh, weich.“ Sie sah den Makler lächelnd an.

„Ja, setzen Sie sich ruhig mal drauf“, beeilte er sich zu antworten und beobachtete sie genau.

„Wenn Sie meinen …“ Mit Schwung ließ sich Alice darauf nieder. Es federte angenehm nach. Übermütig lachte sie: „Jetzt will ich aber wissen, ob es wirklich so stabil ist, wie es aussieht. Los, kommen Sie her, und setzen Sie sich neben mich!“

„Sind Sie sicher?“

„Na, klar! Oder trauen Sie dem Bett, das Sie mir gerade so angepriesen haben, etwa nicht?“, fragte sie herausfordernd zurück.

Sie war einen Moment lang selbst verblüfft über ihre Unverfrorenheit. Doch bevor sie einen Rückzieher machen konnte, nahm Herr Bergson zwei Schritte Anlauf und ließ sich direkt neben ihr auf den Rücken fallen. Durch die unerwartet heftige Bewegung kam Alice ins Schwanken und kippte hinten über.

Lachend lagen sie jetzt nebeneinander, als sich der Ausdruck in seinen blauen Augen plötzlich veränderte. Sie erkannte das Begehren darin. Er hielt ihre Augen mit seinem durchdringenden Blick fest. Für den Bruchteil einer Sekunde fuhr ihr durch den Kopf: Was geschieht hier? Ich kenne den Mann doch gar nicht. Aber irgendwie fühlt es sich gut an, hier mit ihm …

Als sich sein Mund langsam ihrem Gesicht näherte, kam sie ihm entgegen, und als sich ihre Lippen berührten, hatte Alice das Gefühl, einen leichten elektrischen Schlag zu bekommen – aber einen äußerst angenehmen.

Sie öffnete den Mund. Fordernd erwiderte er ihren Kuss. Immer schneller drehten ihre Zungen umeinander, und als er sie eng an sich zog, stöhnte Alice wohlig auf. Sie drängte ihren Körper an seinen und spürte seine Erregung an ihrem Schenkel. Ihre Hand wanderte langsam an seinem Rücken hinunter und fand den Weg zwischen ihre eng umschlungenen Körper. Bereitwillig drängte er ihr seine Hüfte entgegen und stöhnte auf, als ihre Finger begannen, ihn durch die enge Jeans zu streicheln. Alice genoss es, das Pochen seines aufwallenden Blutes zu spüren. Er war gut bestückt, das erkannten ihre Finger sogar durch den Stoff.

Sie legte den Kopf in den Nacken und bog ihren Rücken leicht durch, um seiner Hand, die jetzt unter ihr T-Shirt gewandert war, freies Spiel zu lassen. Er streichelte ihre Brust und begann, sie sanft zu kneten.

Sie seufzte, als er ihr T-Shirt hochschob und seine Lippen ihre Brustwarze umschlossen. Seine Zunge kreiste zärtlich um den harten Nippel herum, bis er plötzlich leicht zubiss. Ein wohliger Schmerz durchfuhr Alice.

„Ja …!"

Während er sie mit Knabbereien verwöhnte, begannen seine Finger, die Knöpfe ihrer Jeans zu öffnen. Einer nach dem anderen sprang auf und machte Platz für seine Hand, die sich in ihren Slip schob. Alice spürte die Feuchtigkeit zwischen ihren Schenkeln.

Sie wollte mehr! Geschickt öffnete sie den Schlitz seiner Hose, ließ ihre Hand hineingleiten und die Finger auf Erkundungstour gehen. Im selben Moment, als sie seinen steifen Schwanz umschlossen, stöhnte er auf.

Davon angespornt, erhöhte Alice den Druck ihrer Finger leicht und bewegte die Hand langsam auf und ab. Gleichzeitig spürte sie, wie seine Finger ihre empfindsamste Stelle liebkosten und die zunehmende Feuchtigkeit zwischen ihren Beinen die Berührung geschmeidig machte. Sie hielt es kaum noch aus, dass er endlich mit dem Finger in sie eindrang. Während sie ihn rieb, hob sie ihr Becken leicht an, um ihm den Weg zu weisen. Er reagierte sofort. Sein Finger bohrte sich mit einem Stoß tief in sie hinein. Sie schrie leise auf und begann, sich synchron mit ihm zu bewegen. Im Takt schoben sich auch ihre Finger an seinem harten Schwanz auf und ab. Sie hörte, dass sich sein Atem immer mehr beschleunigte.

Moment, nicht so schnell … der Spaß fängt doch gerade erst an, dachte sie und verlangsamte das Tempo etwas. Als er sie daraufhin verwirrt ansah, fragte sie leise: „Ist dir nicht auch ein bisschen warm?"

„Das ist die Untertreibung des Jahrhunderts – mir ist heiß!", antwortete er mit rauer Stimme. Langsam zog er seinen Finger aus ihr heraus und schob ihre Jeans samt Slip herunter. Sie half ihm bereitwillig und zog ihr T-Shirt über den Kopf. Völlig nackt lag sie jetzt neben ihm. Er stützte sich seitlich auf den Ellenbogen und betrachtete sie eingehend.

„Du hast einen tollen Körper", sagte er bewundernd und küsste ihren Bauchnabel.

„Gönnst du mir auch einen Blick auf deinen …?", fragte sie lächelnd.

Erst jetzt schien ihm bewusst zu werden, dass er noch immer angezogen war. Eilig entledigte er sich seiner Klamotten und entblößte damit den schönsten Oberkörper, den Alice je in natura gesehen hatte.

„Wow!" Sie berührte seinen muskulösen, glatten Brustkorb. Ihre Finger glitten über seinen Bauch und zeichneten jeden Muskelstrang seines Sixpacks zärtlich nach. „Das sieht nach viel Arbeit in der Muckibude aus."

„Nee, das kommt vom Schwimmen. Morgens, vor der Arbeit, kraule ich immer meine tausend Meter. Das ist alles", antwortete er betont lässig, aber Alice hörte daraus, wie stolz er auf seinen fitten Körper war.

„Wie wär's denn jetzt mit einer weiteren Bahn ‚Brust'?", neckte sie ihn, legte die Arme hinter den Kopf und rekelte sich kokett. Er ließ sich geschmeidig zwischen ihre gespreizten Schenkel gleiten, küsste ihren Busen, griff gleichzeitig unter die rote Tagesdecke und zog ein Kondom-Päckchen hervor. Er öffnete es mit geübten Fingern und einem vorsichtigen Biss seiner Zähne.

Überrascht sagte Alice: „Du scheinst ja wirklich auf alles vorbereitet zu sein …"

Sie wusste einen Moment lang nicht, ob sie froh oder sauer über so viel Planung und Umsicht sein sollte. Er grinste sie frech an.

„Das hab ich gestern zusammen mit der Überdecke hier deponiert. Das Bett schien mir wie gemacht für ein erotisches Abenteuer. Eigentlich hab ich nicht daran geglaubt, dass so etwas tatsächlich geschehen würde, aber gehofft hab ich es – wie du siehst!" Triumphierend hielt er das Kondom hoch, bevor er sich daran machte, es überzustreifen.

Über so viel Unverfrorenheit musste Alice schmunzeln. Sie hatte keinen Grund, pikiert oder beleidigt zu sein. Sie tat nur das, was sie selber wollte. Eine erotische Fantasie, die Wirklichkeit geworden war: mit einem fremden, attraktiven Mann an einem ungewöhnlichen Ort wilden, leidenschaftlichen Sex zu genießen. Davon hatte sie doch immer geträumt. Allerdings waren ihre Träume düsterer, gefährlicher und härter … Aber dies war doch ein vielversprechender Anfang, fand sie, lächelte ihn verführerisch an und sagte: „Mein lieber Herr Bergson, ich bin beeindruckt von Ihrem Organisationstalent. Bitte zeigen Sie mir doch noch ein paar der Vorzüge dieser Wohnung …“

Während er seinen steifen Schwanz langsam in sie gleiten ließ, murmelte er: „Also, da wäre zunächst einmal die verkehrsgünstige Lage …“ Damit stieß er kraftvoll zu.

Alice schloss verzückt die Augen und stöhnte auf, als er sie ausfüllte und sie von seiner Männlichkeit gedehnt wurde. Er erhöhte langsam das Tempo und atmete bei jedem Stoß hörbar aus.

Blinzelnd öffnete Alice die Lider und beobachtete fasziniert sein junges Gesicht mit den geschlossenen Lidern und leicht geöffnetem Mund. Er wirkte so, als sei er höchst konzentriert auf das, was er da gerade so perfekt mit ihr tat. Ihr Blick wanderte über seinen ebenmäßigen Oberkörper. Sie musste an die alte Parfumwerbung mit dem athletischen, sexy Felsenspringer denken. Und jetzt hatte sie so ein Exemplar genau vor sich – und noch besser: tief in sich! Gierig streckte sie ihre Finger nach seiner Brust aus und berührte die glatte Haut. Ein Lächeln huschte über sein Gesicht, während sie ihn streichelte und sich seine Nippel unter ihrer Liebkosung verhärteten.

Dann umfasste er entschlossen ihren Hintern. Ohne seinen stoßenden Rhythmus zu unterbrechen, legte er ihre Beine mit einer gekonnten Bewegung auf seine Schultern und spreizte ihre Schenkel noch ein Stückchen weiter. Alice schob ihm ihr Becken willig entgegen und seufzte beglückt, als sie seinen Schwanz noch tiefer in sich spürte. „Oh, du bist so unglaublich groß …!“

„Gefällt es dir?“, fragte er begeistert zurück.

„Oh, ja!“, stöhnte Alice. „Ich will mehr davon!“

Sie umklammerte seine Schultern mit den Beinen und presste ihm ihre Hüfte rhythmisch entgegen. Er stieß wieder und wieder zu, tiefer und tiefer. Alice schrie auf, und auch sein Atmen wurde immer heftiger. Plötzlich stöhnte er: „Ich komme …!“

Mit einem letzten kräftigen Stoß entlud er sich, und ein Zittern ging durch seinen Körper. Dann lockerte sich sein Griff um ihre Schenkel, und ihre Beine rutschten langsam von seinen Schultern. Keuchend sackte er über ihr zusammen.

Alice streckte sich und fühlte, wie der Druck, der von innen auf sie gewirkt hatte, allmählich nachließ. Ihr Atem normalisierte sich, und ein kleines bisschen Enttäuschung machte sich in ihr breit.

Aber ich bin doch noch gar nicht gekommen. Soll das etwa schon alles gewesen sein …?

Schließlich fragte sie: „Na, war das ungefähr so, wie du es dir vorgestellt hast, als du das Bett für ein wildes Abenteuer vorbereitet hast?“

Er hob den Kopf und grinste sie frech an. „Nein, viel besser! Ich konnte ja nicht ahnen, dass ich auf so eine scharfe Mieterin treffe! Du bist fantastisch – so eng und so feucht … Du hast mich auf Anhieb scharfgemacht. Tut mir wirklich leid, dass es so kurz war, aber ich verspreche dir, mich bei der nächsten Runde länger zurückzuhalten, damit du mehr davon hast …“

Verblüfft blickte Alice ihn an.

„Echt? Kannst du denn gleich noch mal?“

„Na, klar, ich bin Sportler! Außerdem kann ich es doch nicht riskieren, eine potenzielle Mieterin nach der Wohnungsbesichtigung unbefriedigt gehen zu lassen. Hätten Sie denn Interesse an weiteren Detailbesichtigungen, gnädige Frau …?“

Er leckte genüsslich ihre Brustwarzen und ließ seine Hand an ihrem erhitzten Körper hochgleiten. Alice lachte begeistert auf. „Aber sicher!“

„Wie gut, dass ich auf Sonderwünsche vorbereitet bin …“, lächelte er vielsagend und griff erneut unter die

Decke. Triumphierend hielt er ihr vier Kondompäckchen vor die Nase. „Falls das nicht reicht, kenne ich hier in der Nähe noch eine Kneipe mit einem Automaten …“

Lachend schlang Alice Arme und Beine um seinen Körper und drückte ihn stürmisch an sich. Bevor sie ihn küsste, flüsterte sie ihm ins Ohr:

„Mein lieber Herr Bergson, Sie sind der geilste Makler, der mir je begegnet ist! Bitte geben Sie mir noch eine ausgedehnte Führung …!“

4. KAPITEL

Alice fröstelte. Sie stand vom Schreibtisch auf und drehte die Heizung ein paar Grad höher. Obwohl es längst Frühling war, war ihr in ihrer neuen Wohnung immer noch etwas kalt.

Vielleicht liegt es nur daran, dass ich mich hier noch nicht ganz heimisch fühle, überlegte sie, zog die Ärmel ihres Pullis herunter, rieb die Hände und setzte sich wieder vor ihren Laptop. Angestrengt grübelte sie über dem Text, an dem sie seit Ewigkeiten arbeitete. Sie hatte gehofft, dass ihr zu Hause die Inspiration kommen würde, die ihr im Büro fehlte. Aber seit zwei Stunden wartete sie vergeblich auf den Kuss der Muse, um die passenden Attribute für den Sportwagen zu finden und einen Werbetext für die geplante Anzeigenkampagne zu formulieren.

„Rasant, schnell, kraftvoll, zielstrebig, unaufhaltsam …", las sie ihre Notizen laut vor.

Das ist doch alles abgeschmackt und tausendmal verwendet. Verdammt, warum finde ich für die dämliche Karre nicht endlich ein paar knackige Zeilen, die ich morgen dem Kunden präsentieren kann? Das fällt mir doch sonst nicht so schwer …

Aber Alice war nicht ganz bei der Sache. Ihre Gedanken schweiften immer wieder ab, zu dem aufregenden Erlebnis vor einigen Wochen. Die erotische Wohnungsbesichtigung ging ihr nicht aus dem Kopf. Wenn sie an Herrn Bergsons heftige Stöße dachte, spürte sie immer noch ein wohliges Ziehen im Unterleib.

Er war tatsächlich sehr ausdauernd gewesen, und sie hatten die Wohnung erst vier Stunden später verlassen – nachdem sie noch den Whirlpool getestet hatten. Dort hatte er ihre brennende, geschwollene Scham mit seinen sanften Händen verwöhnt. Alice hatte es genossen, dass er nicht genug kriegen konnte. Voller Genuss hatte sie seine Berührungen im warmen Wasser und das Blubbern der Luftbläschen an ihrem Körper gespürt.

Mit nassen Haaren hatten sie sich schließlich vor dem Haus mit einem letzten leidenschaftlichen Kuss voneinander verabschiedet. Beiden schien klar zu sein, dass sie sich nicht wiedersehen würden. Das hätte die Magie dieser Begegnung zerstört. Herr Bergson hatte zwar nicht wirklich dem dominanten Mann entsprochen, von dem sie sich in ihren Träumen nur zu gerne züchtigen ließ, aber sein Durchhaltevermögen hatte ihr sehr viel Spaß bereitet. Alice kannte nicht einmal seinen Vornamen, doch das machte das Erlebnis nur noch prickelnder.

Die schicke Wohnung hatte sie jedoch nicht gemietet. Sie war einfach zu teuer, und Wilmersdorf erschien ihr bei näherer Betrachtung zu langweilig und spießig. Und den attraktiven Makler wollte sie auf Dauer auch nicht mitmieten.

Über eine Anzeige hatte sie – ganz ohne erotischen Kick – eine Woche später ihre neue Bleibe gefunden. Im selben Kreuzberger Kiez wie bisher, drei große, helle Zimmer, Altbau, dritter Stock. Der Umzug war mit ein paar Freunden schnell erledigt, denn sie hatte nicht allzu viele Möbel. Alice hatte sich ein neues, breites Bett geleistet. Sie musste schmunzeln, als sie darüber nachdachte, dass sie ihr altes mit voller Absicht in der ehemaligen Wohnung hatte stehen lassen ...

Ein „Pling“ holte sie aus dem Tagtraum in die Wirklichkeit zurück. Das Computergeräusch zeigte an, dass sie eine E-Mail bekommen hatte. Alice freute sich, dass es eine Nachricht von Sam MacAllan war.

Sie hatte ihn vor ein paar Jahren an der Uni in Berlin kennengelernt. Der Engländer war im ersten Semester ihr Literatur-Dozent gewesen – jung, wohlhabend und äußerst attraktiv. Sie hatten eine heiße, heimliche Affäre gehabt, sich danach aber völlig aus den Augen verloren. Er lebte inzwischen wieder in London, doch vor Kurzem hatte er Alice im Internet ausfindig gemacht, und seitdem tauschten sie ab und zu E-Mails miteinander aus.

Damals hatten Alice und Sam nur ein paar Straßen voneinander entfernt gewohnt. Allerdings war seine Wohnung um einiges komfortabler als Alice' kleine Studentenbude. Daher hatten sie sich meist bei ihm zum Schachspielen getroffen. Er hatte zwar fast immer gewonnen, aber das machte ihr nichts aus, weil es ihr um das spannende Spiel und die Gespräche, die sie dabei mit Sam führte, ging. Ihre zweite gemeinsame Leidenschaft waren Bücher. Sie liehen sich gegenseitig diejenigen, die ihnen besonders gefallen hatten. Eines Abends drückte Sam ihr ein abgegriffenes Taschenbuch in die Hand.

„Hier lies mal. Henry Miller. Ist die deutsche Ausgabe. Bin gespannt, wie du das findest …"

Von Miller hatte sie bisher nur gehört und noch nichts gelesen. Der Titel wirkte sperrig auf sie: „Opus Pistorum".

Ist das Latein?, überlegte Alice. Was wird das wohl für ein intellektueller Schinken sein? Na, mal sehen, wenn es Sam gefallen hat, muss ja irgendwas dran sein …

Zu Hause im Bett schlug sie das Buch ohne große Erwartungen auf und begann zu lesen. Schon nach wenigen Sätzen war sie infiziert. Der explizite Sex, der ihr auf jeder Seite entgegensprang, machte sie auf Anhieb an, obwohl sie sich innerlich dagegen wehrte.

Eigentlich ist das der totale Macho-Sex. Die Frauen sind immer nur das willige Objekt männlicher Begierde. Weshalb fasziniert mich das trotzdem? Auf Pornofilme steh ich doch so überhaupt nicht. Und eigentlich ist das Buch ein literarischer Porno. Allerdings mit meinen ganz persönlichen Bildern im Kopf. Und scheinbar schlummern da in mir ein paar Gelüste, von denen ich bisher nichts ahnte …

Alice vertiefte sich wieder in „Opus Pistorum" und las noch in derselben Nacht das halbe Buch durch. Wie ferngesteuert, fasste sie sich dabei immer wieder mit der Hand zwischen die Beine, ließ ihre Finger spielen und glitt irgendwann wohlig in einen erotischen Traum hinüber.

Als sie mitten in der Nacht aufwachte, lag sie mit gespreizten Beinen auf ihrem Bett, die Decke war zu Boden gerutscht, und das Licht der Nachttischlampe blendete sie. Immer noch gefangen in ihrem Traum, sah sie sich verwirrt um. Dann fiel ihr Blick auf das aufgeschlagene Buch neben ihrem Kopfkissen. Sie musste grinsen.

Scheinbar konnte sie sich der Wirkung des erotischen Werkes auch im Schlaf nicht entziehen …

Sie kuschelte sich in ihre Decke, machte die Lampe aus und schob „Opus Pistorum" unters Kopfkissen. Kurz bevor sie wieder einschlief, dachte sie lächelnd: Sehr stimulierend, die Literatur, die Sam mir da empfohlen hat. Ob er sich etwas davon verspricht? Hoffentlich! Ich denke, in Zukunft wird das spannende Spiel zwischen Dame und König eine neue erotische Wendung nehmen …

Als Alice, das Taschenbuch in der Hand, das nächste Mal seine Wohnung betrat, sah Sam sie erwartungsvoll an.

„Schon fertig gelesen …?" Seine Stimme vibrierte ein wenig. Sie nickte nur stumm. „Nun sag, hat's dir gefallen?"

„Das ist eine ganz schöne Sauerei, die du mir da mitgegeben hast, Herr Professor …", antwortete sie ernst.

Verwirrt sah er sie an. Doch bevor er zu irgendwelchen Entschuldigungen ansetzen konnte, lachte Alice laut los.

„Keine Sorge, ich fand die Sauereien äußerst interessant! Ich hab das Buch in nur zwei Nächten durchgelesen …"

Er strahlte.

„Ich hatte gehofft, dass dir das genauso gut gefällt wie mir."

„Allerdings! Hast du mehr davon? Jetzt, wo du mich mit dem heißen Stoff angefixt hast, musst du unbedingt für Nachschub sorgen. Sonst weiß ich ja gar nicht, was ich nachts mit mir anfangen soll …" Sie grinste ihn wissend an.

„Oh, da mach dir mal keine Gedanken. Bücher in der Art hab ich genügend im Regal. Kennst du schon ‚Die Geschichte der O.'?", fragte er interessiert.

„Nein, aber der Titel klingt spannend. Da lasse ich mich doch gerne überraschen …"

„Du *wirst* überrascht sein …" Sam lächelte in sich hinein. „Das geb ich dir demnächst zum Lesen mit. Aber erst mal habe ich was anderes mit dir vor."

„Ach ja?"

Erwartungsvoll zog sie ihre Daunenjacke aus, die sie über dem engen schwarzen T-Shirt trug. Sie registrierte, dass ihr mit Bedacht gewähltes Outfit die gewünschte Wirkung auf ihn auszuüben schien. Er starrte interessiert auf ihr Dekolleté.

Doch dann löste er seinen Blick, nahm ihr die Jacke ab und legte sie nachlässig über den Stuhl im Flur. Mit dem Rücken zu Alice sagte er beiläufig: „Komm rein, ich hab das Schachspiel schon aufgebaut."

Schach? Wie jetzt? Ich hatte zwar nicht erwartet, dass er gleich wie ein Tier über mich herfallen würde, aber zumindest könnte er mich ja mal küssen …, dachte Alice ein bisschen enttäuscht und folgte Sam ins Wohnzimmer. Dort bemerkte sie allerdings überrascht, dass er den großen Kamin und Kerzen angezündet hatte. Ihr sanfter Schein war die einzige Beleuchtung. Leise Musik lief im Hintergrund.

Alice sah sich genauer um. Der Tisch und die Stühle, an denen sie sonst immer gesessen hatten, waren verschwunden. Das weitläufige Zimmer war praktisch leer, bis auf eine breite Matratze, die er mitten im Raum platziert hatte. Schwarze Satinbettwäsche glänzte im flackernden Kerzenschein. Mit undurchdringlichem Lächeln und lässig ausgestreckten Beinen setzte sich Sam neben das aufgebaute Schachspiel auf die Bettdecke.

„Na los, komm und setz dich hier zu mir!", forderte er sie kurz angebunden auf und klopfte mit der Hand auf das schimmernde Laken.

Alice folgte verunsichert seiner ungewohnt schroffen Anweisung, streifte ihre Stiefeletten ab und ließ sich ihm gegenüber nieder. Die Schachfiguren vibrierten auf dem Brett. Gespannt sah sie Sam an. Sie hatte keine Ahnung, was er mit dieser Inszenierung bezweckte.

„Mach deinen ersten Zug, du hast Weiß. Ich spiele mit Schwarz", wies er sie an.

„Willst du jetzt wirklich Schach mit mir spielen?", fragte sie ungläubig. Seine entschiedene Stimmung war ihr ein bisschen unheimlich.

Er blickte sie ungerührt an und sagte: „Aber natürlich. Deshalb bist du schließlich hier, oder? Allerdings gilt heute Abend eine kleine Änderung im Regelwerk …"

„Ach, und welche?"

„Für jede geschlagene Figur muss der Unterlegene ein Kleidungsstück ausziehen. Ist das in Ordnung für dich?"

„Oh … Aber du spielst doch viel besser als ich. Da hab ich doch gar keine Chance."

Ihre Stimme zitterte ein wenig.

„Dann streng dich mal an – los, zieh!"

Er schien es ernst zu meinen.

Während Alice zögernd einen ihrer Bauern zwei Felder nach vorne schob, überlegte sie hektisch, wie viele Schachfiguren da überhaupt vor ihr auf dem Feld standen und wie viele Kleidungsstücke sie anhatte: Zwei Socken, ein Slip, eine Jeans, ein T-Shirt und leider keinen BH. Ob Kette und Ohrringe auch galten? Oh, Mann! Wenn sie nun einfach wild geknutscht, sich dann beide gleichzeitig ausgezogen hätten und unter die Decke geschlüpft wären, wäre es kein Problem gewesen, mit dieser neuen Situation klarzukommen. Aber die Vorstellung, dass sie bald nackt mit einem höchstwahrscheinlich immer noch vollständig angezogenen Sam da saß und dann auch noch Schach spielen sollte … Oh, verdammt, worauf hatte sie sich bloß eingelassen …?

Zum Aufgeben und Weglaufen war sie allerdings zu stolz – und zu neugierig … Alice versuchte, sich trotz ihrer Verwirrung voll auf das Spiel zu konzentrieren. Die ersten Züge gingen ohne Verluste schnell hin und her. Dann brachte sie ihren Läufer in Stellung, um eine seiner Figuren zu bedrohen. Im selben Moment, als sie den Zug gemacht hatte, erkannte sie, dass Sam sie in die Falle gelockt hatte – sein Pferd stand zum Sprung bereit, um sie zu schlagen.

„Oh, sorry, kann ich noch mal?", fragte sie hektisch.

Er schüttelte unerbittlich den Kopf. „Gesetzt ist gesetzt, meine Liebe. Da musst du jetzt durch. Dein Läufer kostet dich das erste Kleidungsstück. Ach, und Schmuck gilt natürlich nicht …"

„Okay, hier ist meine Socke“, sagte Alice möglichst locker, als sie sich den Strumpf vom Fuß zog und mit ausgestrecktem Arm auf den Boden fallen ließ. Sam beobachtete sie dabei genau.

„Der rote Nagellack gefällt mir. Los, weiter im Spiel!“

Alice war unkonzentriert und machte bald den nächsten fatalen Fehler – die zweite Socke war weg. Und keine zehn Minuten später musste sie aufstehen, um ihre Jeans aufzuknöpfen. Sam genoss es sichtlich, wie sie sich aus der engen Hose schälte.

Na, wenigstens ihm scheint's zu gefallen. Ich bin mir allerdings noch nicht so sicher, ob mir das neue Spielchen Spaß macht.

Sie setzte sich wieder auf die Matratze und spürte die Satin-Bettwäsche kühl unter ihren nackten Schenkeln. Er konnte kaum seinen Blick von ihren entblößten Beinen abwenden und machte schnell den nächsten Zug – zu schnell. Endlich hatte sie ihre Chance. Er konnte der Versuchung nicht widerstehen, ihre Dame zu bedrohen, und hatte genauso reagiert, wie sie es vorausgeahnt hatte. Im Eifer des Gefechts hatte er ihren Turm übersehen, der dort lauerte. Als Konsequenz musste jetzt er eine Socke opfern. Nun war Alice' Ehrgeiz geweckt, und sie konzentrierte sich genau auf ihren nächsten Zug. Er parierte, und kurz drauf geriet sie wieder in Bedrängnis. Sie hatte keine andere Möglichkeit, um sich vor einem drohenden Verlust ihrer Dame zu retten, als einen ihrer Bauern zu opfern. Gnadenlos schlug er zu und lächelte.

Sie blickte ihm so selbstbewusst wie möglich in die Augen und zog langsam ihr T-Shirt über den Kopf. Jetzt schützte sie nur noch ihr kleiner, schwarzer Slip vor seinen Blicken. Unwillkürlich zog sie den Bauch ein, der ihr im Schneidersitz plötzlich dick vorkam. Doch ihn schien das nicht zu stören. Seine Blicke hatten sich an ihren Brüsten mit den rosafarbenen Brustwarzen festgesogen. Augenblicklich verhärteten sich ihre Nippel. Alice war hin- und hergerissen zwischen Scham und Geilheit.

Seine kühle Stimme riss sie aus ihren zwiespältigen Gedanken.

„Ich glaube, du bist dran!"

Sie blickte auf das Schachbrett und erkannte, dass er mit seinem Zug versuchte, an ihrer Dame vorbei zu ihrem König zu kommen. Sie hatte zwei Möglichkeiten: entweder auf Sicherheit zu spielen und seinen bedrohlichen Bauern zu schlagen oder volles Risiko zu gehen und ihm ihren Springer in den Weg zu stellen. Alice beugte sich etwas weiter vor und versuchte, sich zu konzentrieren, doch ständig war ihr bewusst, dass seine Augen ihre nackten Brüste, die über dem Brett schwebten, fixierten. Sie musste zu einer Entscheidung kommen. Schließlich beschloss sie, lieber Zeit zu gewinnen und ihm einen weiteren Stich zu versetzen. Mit Schwung schlug sie seinen Bauern vom Schlachtfeld.

Grinsend zog er langsam die zweite Socke vom Fuß.

„Na, hast du dir das auch richtig überlegt? So ein hohes Risiko für so eine kleine Socke?" Er sah sie herausfordernd an.

„Ja, klar. Wieso?", fragte sie unsicher.

„Weil ich dich jetzt in zwei Zügen fertigmache, mein Schatz!"

Er deutete auf die Figuren und zeigte ihr, wie er erst ihre Dame nahm und dann mit seinem Turm den König schachmatt setzen würde. Entgeistert starrte sie auf das Brett zwischen ihnen.

„Tja, für deine gefallene Dame schuldest du mir jetzt dein Höschen … Wie passend …", grinste er.

Alice beschloss, die Niederlage bereitwillig hinzunehmen und seine erneute Überlegenheit zu akzeptieren. Sie legte sich auf den Rücken und streifte mit den Fingern ihren Slip herunter.

Er wischte das Schachbrett mit einer nachlässigen Handbewegung vom Bett und beugte sich über sie. Der harte Griff, mit dem seine Finger ihre Brust umfassten, ließ sie aufstöhnen. Unbeirrt ließ er sich mit seinem ganzen Körper auf sie sinken. Sie spürte die kalten Metall-Knöpfe seines Hemdes auf ihrem nackten Bauch und sog geräuschvoll Luft ein. Ihr Körper spannte sich an, und sie blickte Sam mit einer Mischung aus Beklommenheit und erregter Vorfreude an. Sie sah die Lust in seinen dunklen Augen, und zum ersten Mal fielen ihr die winzigen Goldsprenkel auf, die darin aufblitzten.

Er beugte sich zu ihr und küsste sie leidenschaftlich. Die Spannung in ihrem Körper löste sich im selben Augenblick. Sie erwiderte seinen Kuss, presste sich an ihn und umschlang seinen Körper mit Armen und Beinen. Schließlich löste er sich aus ihrer Umklammerung und sagte lächelnd: „Und jetzt zeige ich dir, was mein Turm so alles mit dir machen kann."

Sie antwortete leise stöhnend: „Von einem Großmeister wie dir kann ich bestimmt noch eine Menge lernen …"

„Genug geredet!" Mit einem harten Kuss verschloss er ihren Mund.

5. KAPITEL

Alice seufzte wohlig auf, als sie an die erotischen Schachpartien dachte, die sie mit Sam gespielt hatte. Ihre Affäre hatte sich über ein paar Monate erstreckt, war aber nie mehr geworden als eine prickelnde sexuelle Beziehung. Sie hatte mit ihm gemeinsam in den Büchern von Henry Miller, Anaïs Nin und in der „Geschichte der O." geschmökert, doch der harte Sex und die SM-Abenteuer, von denen sie da lasen, hatten den Sprung von der Theorie in die Praxis am Ende doch nicht geschafft. Dafür waren sie beide noch zu unsicher und unerfahren.

Irgendwann hatte Alice sich in einen Kommilitonen verliebt und die Affäre mit ihrem Dozenten beendet. Der andere war längst langweilige, vergessene Vergangenheit, während sie bei den E-Mails von Sam noch heute erregt an ihre erotischen Eskapaden dachte … Aber nun lebte er weit weg in London, und ein Revival schien undenkbar. Immerhin hatten sie wieder Kontakt, und so hatte Alice erfahren, dass er inzwischen als international erfolgreicher Drehbuchautor reich und berühmt geworden war und im schicken Stadtteil Chelsea wohnte.

Voller Vorfreude öffnete sie seine E-Mail. Sam MacAllan schrieb, dass er in ein paar Wochen zu einem Arbeitstermin nach Berlin käme. Er hätte zwar tagsüber jede Menge zu tun, aber vielleicht könne man ja abends etwas zusammen unternehmen.

Alice freute sich.

Ob er dabei an dasselbe denkt wie ich? ‚Etwas unternehmen' kann ja vieles bedeuten. Egal, ich freu mich, ihn nach so langer Zeit endlich wiederzusehen. Das wird auf jeden Fall ein netter Abend. Und wenn mehr daraus wird, hab ich nichts dagegen …, dachte sie gespannt.

In den nächsten Wochen richtete sie sich in ihrer Wohnung häuslich ein und kaufte Bettwäsche aus dunkelrotem Seidensatin. Als sie ins Bett schlüpfte, kam sie sich wahnsinnig frivol vor. Ihre Hände strichen zärtlich über den glatten Stoff. Sie rekelte ihren nackten Körper unter der kühlen Decke und genoss das sanfte Streicheln der Seide auf ihrer Haut. Alice stellte sich vor, wie Sam MacAllan wohl auf das blutrote Lotterbett reagieren würde. Dann griff sie mit den Händen hinter ihren Kopf und tastete nach dem schmiedeeisernen Gestell. Sie ließ ihre Finger langsam über die metallenen Streben gleiten.

Das ist so stabil, daran könnte man sogar Handschellen befestigen, überlegte sie. Aber vielleicht wären Seidentücher passender zur Bettwäsche … Wo kriegt man so was denn nun wieder her?

Am nächsten Tag räumte Alice ihre vielen Bücher aus den Umzugskisten in die Regale ein. Dabei fielen ihr einige der abgegriffenen Exemplare, die sie auf Sams Empfehlung hin gekauft hatte, in die Hände. Zum Geburtstag hatte er ihr eine eigene Ausgabe von „Opus Pistorum" geschenkt. Liebevoll strich sie über den Buchrücken, von dem im Laufe der Zeit die Schutzfolie abgebröckelt war, und blätterte die Seiten durch.

Was mich damals so alles schockiert hat … Inzwischen haben sich meine eigenen Fantasien da ganz schön weiterentwickelt. Fehlt nur noch der passende Mann, mit dem ich sie endlich ausleben kann …

Sie klappte das Buch wieder zu und stellte es zu den anderen ins Regal.

Dann war es endlich soweit – Sam war in Berlin. Sie hatten sich in der Lobby seines Nobelhotels in der Nähe des Gendarmenmarktes verabredet. Alice war pünktlich da und sah sich um. Aus den Augenwinkeln nahm sie eine

Bewegung wahr, und als sie sich umdrehte, kam Sam lächelnd auf sie zu. Er war praktisch unverändert – schlank und muskulös. Seine Haare waren noch immer dick und dunkelblond, und er wirkte auf sie noch männlicher. Als sie in seine goldgesprenkelten braunen Augen blickte, durchzuckte sie die Erinnerung an den Moment, als er sie nach dem Schachspiel genommen hatte.

Sam nahm sie kommentarlos in die Arme und drückte sie eng an sich. Als sie sich ansahen, war sie unsicher, ob sie ihn jetzt mit Wangenküsschen begrüßen sollte oder lieber nicht. Er nahm ihr die Entscheidung ab und gab ihr einen zärtlichen Kuss auf den Mund. Es fühlte sich gut und natürlich an, als sich ihre Lippen berührten.

„Du siehst toll aus!", strahlte er sie an. „Deine Haare sind immer noch so lang und glänzend wie früher. Ich hab dich sofort wiedererkannt, als du hier mit deinem unverkennbaren Hüftschwung reinmarschiert bist."

„Du hast dich auch kaum verändert. Schön, dich endlich wiederzusehen."

„Ich hab uns in einem Restaurant hier um die Ecke einen Tisch bestellt."

„Dann kannst du mir beim Essen erzählen, wie du in London so lebst und was du inzwischen alles gemacht hast", antwortete sie freudig. Wie selbstverständlich legte er seinen Arm um sie, und sie gingen eng umschlungen zum Lokal.

Verrückt, dachte Alice, damals sind wir nie Arm in Arm durch die Stadt gelaufen, sondern haben uns immer nur bei ihm zu Hause getroffen. Als Dozent wollte er wohl nicht das Risiko eingehen, mit seiner Studentin erwischt zu werden, aber jetzt fühlt es sich total natürlich an.

Anfangs unterhielten sie sich über neutrale Themen – ihre Jobs, Urlaube und schließlich auch über einige der Beziehungen, die sie in der Zwischenzeit gehabt hatten.

„Ich hab doch gleich gewusst, dass dieses Studenten-Bürschchen mir nicht das Wasser reichen konnte. Dass du mich für den verlassen hast, hab ich damals überhaupt nicht verstanden“, beschwerte sich Sam lächelnd.

„Na, verlassen ist ja wohl ein bisschen zu viel gesagt“, verteidigte sie sich. „Wir hatten doch gar keine Beziehung im engeren Sinne.“

„Aber das, was wir da miteinander hatten, hat dir doch gefallen, oder hab ich deine zahlreichen Lustschreie so falsch interpretiert …?“ Er grinste frech. „Als du nicht mehr kamst, haben mich sogar meine Nachbarn angesprochen und gefragt, warum es bei mir plötzlich so ruhig sei …“

Sie musste lachen.

„Stimmt, leise war ich wirklich nicht. Aber daran warst ja zum größten Teil du schuld! Spielst du eigentlich noch Schach?“, fragte sie hastig.

„Nachdem du so endgültig aus meinem Leben verschwunden warst, hab ich lange nicht gespielt. Als ich es dann mal wieder mit einem Bekannten probiert habe, hab ich prompt verloren, weil ich nicht recht bei der Sache war. Dauernd musste ich an unsere scharfe Variante denken, und da war mir das normale Schachspiel einfach zu langweilig geworden. Aber warte mal, ich hab dir etwas mitgebracht …“

Er griff in seine Jackentasche und reichte ihr mit einem Augenzwinkern ein kleines, quadratisches Päckchen. Sie lächelte Sam an, als sie die Schleife löste und den Deckel öffnete.

„Oh, wie schön. Ein Reise-Schachspiel! Das sieht ja toll aus, in Gold und Silber. Aus London? Sehr schick! Vielen Dank!“

„Ja, die Figuren haben Magneten, damit sie nicht verrutschen – wenn’s mal etwas wackelt …“, grinste er.

„Wie wär's? Hast du Lust auf eine Partie? Wir könnten in meinem Hotelzimmer spielen." Als sie nicht gleich antwortete, fügte er unsicher hinzu: „Also, das ist eine Suite – mit einem Wohnzimmer und einem Tisch, an dem wir sitzen können."

„Okay …", antwortete sie und zögerte kurz. „Warum nicht …?"

Es war nicht das eindeutige Angebot, das sie zaudern ließ, sondern der Ort. Eigentlich hatte sie gedacht, dass sie Sam mit zu sich nach Hause nehmen würde. Ihr altes Schachspiel hatte sie aus einem Umzugskarton gefischt und extra geputzt. Und außerdem hatte sie ihr Bett frisch bezogen – mit der roten Seide. Aber sie zögerte nur kurz, sah ihm in die Augen und sagte entschlossen: „Ich glaub, beim letzten Mal hab ich verloren …? Da bist du mir eine Revanche schuldig …"

Er zahlte, und Arm in Arm schlenderten sie zurück. Sie bemühten sich beide, so zu tun, als ob sie es überhaupt nicht eilig hätten. Das Gegenteil war der Fall.

Im Fahrstuhl drückte er den Knopf zum Penthouse. Er sah sie abwartend an, und sie gab sich einen Ruck, stellte sich leicht auf die Zehenspitzen und küsste ihn – etwas leidenschaftlicher als zur Begrüßung in der Lobby. Als sich die Lift-Türen öffneten, standen sie mitten in einem opulent eingerichteten Zimmer mit breiter Fensterfront. Das nächtliche, glitzernde Berlin lag ihnen zu Füßen. Alice stand beeindruckt auf der Schwelle und betrachtete fasziniert den puren Luxus. Sam ergriff ihre Hand und zog sie mit sich. „Komm, ich führ dich kurz herum", murmelte er und öffnete eine breite Flügeltür. „Hier ist das Schlafzimmer." Ein breites Kingsize-Bett nahm den größten Teil des Raums ein. „Dahinter ist das Bad. Aber jetzt lass uns Schachspielen." Er geleitete sie zurück ins Wohnzimmer.

Vor der Fensterfront standen ein Tischchen und zwei Samtsessel. Alice war sich bewusst, dass er ihr auf den Hintern starrte, als sie den Raum durchschritt, das Schachspiel auf den Tisch legte und ihre Jacke und Handtasche beiläufig auf einen der Stühle fallen ließ. Als sie sich zu ihm umdrehte, stand Sam abwartend mitten im Zimmer.

„Und nun …?", fragte sie zögernd.

„Tja, mach's dir doch schon mal bequem. Ich geh noch kurz ins Bad und wasche … mir die Hände", antwortete er. Alice bemerkte, dass er unschlüssig war, wie er mit ihr umgehen sollte. Doch da sie sich über diese Situation in den letzten Wochen ständig Gedanken gemacht hatte, war sie selbst – nach dem vielversprechenden Kuss im Aufzug – inzwischen völlig ruhig. Abgesehen von der geänderten Location war sie perfekt vorbereitet.

Sie hatte am Nachmittag lange in der Badewanne gelegen und das nach Zimt und Vanille duftende Badeöl genossen. Ihre Achseln waren frisch rasiert, Beine und Scham von störenden Härchen befreit. Zum Schluss hatte sie sich mit der Bodylotion, die nach Zitrusfrüchten duftete, eingecremt und ihre Fußnägel dunkelrot lackiert. Sie hatte sich für einen seidenen String mit Leopardenmuster entschieden, schwarze Stay-ups über ihre Beine gestreift und ein figurbetontes schwarzes Minikleid angezogen. Es war gerade lang genug, um den Spitzenrand an den Schenkeln zu bedecken – zumindest, wenn sie stand oder aufrecht im Restaurant saß. Doch jetzt wollte sie, wie zufällig, die Dessous hervorblitzen lassen.

Kaum war Sam im Bad verschwunden, schnappte sie sich das Schachspiel und ging zurück ins Schlafzimmer. Sie zog die Überdecke vom Bett und blickte verblüfft auf die dunkelrote Bettwäsche, die darunter zum Vorschein kam.

Das ist ja wie bestellt! Tolles Hotel!

Sie ließ sich samt Schachspiel mitten auf die breite Matratze fallen. Es fühlte sich gut an, als sie wohlig auf der Daunendecke zurücksank.

Als sie das leise Klicken der Badezimmertür hörte, zupfte sie ihr Kleid ein Stückchen höher, damit er freie Sicht auf ihre sexy Strümpfe hatte, winkelte ein Bein leicht an und blickte ihm lächelnd entgegen. Wie erhofft, wanderte sein Blick sofort zu ihren Beinen und den feinen Spitzenrändern ihrer Stay-ups.

„Wie ich sehe, hast du das mit dem Bequemmachen wörtlich genommen … Hast du an das Schachspiel gedacht?", fragte er mit gespielter Strenge.

Folgsam deutete sie auf das kleine Kästchen, das zwischen den Falten der Bettdecke kaum zu sehen war.

„Die Dame ist in Stellung, fehlt nur doch der König …", sagte Alice leise, als er sich neben sie sinken ließ. Doch anstatt zum Schachspiel zu greifen, nahm er sie in die Arme und küsste sie leidenschaftlich. Dann spürte sie, wie seine Finger in ihrem Nacken nach dem Reißverschluss suchten – und ihn langsam öffneten. Er schob das Kleid ein Stückchen über die Schultern. Ihre Lippen lösten sich, als er ihr half, die Arme aus den kurzen Ärmeln zu ziehen. Dabei achtete er darauf, dass der Stoff nicht von selber herunterrutschte. Stattdessen steigerte er die Vorfreude, drückte sie genüsslich zurück auf den Rücken und entblößte mit einem Ruck ihre Brüste. Fasziniert starrte er sie an.

„Sie sind immer noch genauso heiß wie vor ein paar Jahren. Auch deine Brustwarzen sind noch so rosa und vorwitzig, wie ich sie in Erinnerung hatte. Ob sie sich auch noch so gerne von mir lecken lassen wie früher?" Im selben Moment hatte sich sein Mund schon an einem Nippel festgesogen.

„Oh, ja …!“ Alice stöhnte lustvoll auf und überließ sich ganz Sams Lippen und seiner Zunge, die abwechselnd ihren Mund und ihre Brüste liebkosten. Schließlich streifte er ihr Kleid über die Hüften nach unten und betrachtete den Leoparden-String, der mehr entblößte als verbarg. Mit einer schnellen Bewegung schob er seine Hand in den winzigen Slip und umfasste ihre ganze Scham. Sie wand sich unter seinem entschlossenen Griff und drängte ihm ihr Becken entgegen. Er lockerte den Druck ein bisschen und begann, sie mit Daumen und Zeigefinger zu verwöhnen.

Alice stöhnte auf und spürte, wie sie augenblicklich feucht zwischen den Beinen wurde. Auch Sam schien es zu fühlen. Während er weiterhin ihre empfindliche Klit streichelte, schob sich sein Mittelfinger langsam zwischen ihre Schenkel. Als er endlich in sie eindrang, entfuhr Alice ein Lustschrei.

„Oh, das scheint meiner Dame zu gefallen …“, stellte er lächelnd fest. Als Antwort entrang sich ihrer Kehle nur ein Stöhnen. „Du bist noch immer so herrlich eng“, stellte Sam befriedigt fest. „Mal sehen, ob du auch noch so dehnbar bist …“

Er streichelte ihre zarte Knospe weiter, während er mit einem weiteren Finger in sie eindrang. Eine heiße Welle pulsierte in ihrem Unterleib, und sie schrie auf, als der erste Orgasmus sie überrollte. Sam ließ nicht locker und stieß mit seinen Finger jetzt kraftvoll zu.

Dann riss er ihr mit einer schnellen Bewegung den Slip herunter, spreizte ihre Beine auseinander und ließ sich kniend dazwischen nieder. Mit seinen kräftigen Händen stemmte er ihr Becken in die Höhe und zwang sie mit weit durchgedrücktem Rücken in die Brücke.

Jetzt waren ihre intimsten Stellen auf Höhe seines Gesichtes ausgebreitet, und sie genoss es, dass er sich Zeit nahm, den feuchten, rosigen Anblick zu bewundern. Alice hielt es kaum noch aus.

Doch er hatte noch eine kleine Überraschung für sie.

„Bleib so", wies er sie leise an, während er mit einer Hand die Schublade neben dem Bett öffnete. Alice hörte es metallisch klirren. Sie ahnte, was nun kam, und stöhnte erregt auf. Er bog ihre Arme nach oben und ließ die Handschellen rechts und links am Bettgestell zuschnappen. Hilflos war sie ihm nun ausgeliefert. Das feine Lächeln, das um seine Lippen spielte, zeigte ihr, dass er die Situation genauso genoss wie sie.

Endlos langsam ließ er seine Nägel über ihren sich windenden Körper gleiten. Ungeduldig vor Lust zerrte Alice an ihren Fesseln und warf sich unter ihm hin und her. Doch er zögerte den Moment weiter hinaus, wusste genau, wie er sie zur Raserei treiben konnte. Kurz bevor sie glaubte, es nicht mehr aushalten zu können, stieß er mit seiner Zunge zu. Schleckend und saugend versenkte er sie so tief wie möglich in ihr. Seine Lippen umschlossen ihre Scham, und Alice stöhnte laut, als sie wieder und wieder kam. Er leckte sie innen und außen, mit den Zähnen knabberte er zärtlich an ihrer Lustperle. Während seine Hände ihr sich windendes Becken weiter unbarmherzig hochdrückten, trank er ihren Saft und atmete ihren Duft ein.

Mit einem letzten Aufbäumen sackte sie schließlich erschöpft zusammen. Er ließ sie gewähren. Schwer atmend lag sie mit geschlossenen Augen, angeketteten Händen und weit gespreizten Beinen auf dem Bett. Sam beugte sich über sie und küsste sie auf die Lippen. Sie spürte sein feuchtes Gesicht an ihrem. Seine Zunge lockte ihre, und sie kostete ihr intimes Aroma.

„Du schmeckst einfach himmlisch", seufzte er. „Deinen Geruch und Geschmack hab ich nie vergessen –

und danach nichts annähernd Leckeres wiedergefunden. Mmmhhhh, köstlich." Er leckte sich genießerisch die Lippen.

„Das ist wohl das schärfste Kompliment, das ich je bekommen habe …", antwortete sie erschöpft.

„Wie wär's jetzt mit einem Glas Champagner aus der Mini-Bar? Der schmeckt zwar nicht so aufregend wie du, aber ich könnte jetzt eine kleine Auszeit und einen Schluck vertragen. Was meinst du?"

Er stand auf und öffnete das Fläschchen. Mit zwei gefüllten Kristallkelchen setzte er sich wieder neben sie aufs Bett. „Na, möchtest du auch?", fragte er sie mit herausforderndem Blick.

„Ja, natürlich …" Alice rüttelte an den Handschellen und sah ihn fragend an.

„Und wie heißt das Zauberwort?"

„Bitte … Kannst du mich bitte losmachen?", antwortete sie unsicher.

„Wenn du mich so brav bittest, will ich diesmal nicht so sein – diesmal." In seinen unergründlichen Augen blitzte es.

Sie stießen an, und Alice gab ihm einen zärtlichen Kuss, bevor sie tranken. Sie machte es sich bequem und schob eines der dicken Kissen unter ihren Kopf. Er legte sich quer zu ihr und platzierte seinen Kopf in ihrem Schoß. Genießerisch sog er den Duft ein, den sie immer noch intensiv verströmte. Dann sah er sie an und sagte: „Davon hab ich geträumt, seit ich dich vor ein paar Monaten zufällig im Internet gefunden hab."

„Zufällig?", fragte sie amüsiert nach.

„Na ja, ich hab deinen Namen gegoogelt, war neugierig, ob du noch so heißt oder vielleicht inzwischen verheiratet und unauffindbar abgetaucht bist. Aber dann hab ich dich entdeckt."

Er drehte seinen Kopf ein Stückchen und ließ seine Zunge lockend zwischen ihren Schenkeln kreisen. Dabei beobachtete er, wie sie genießerisch die Augen schloss und den Kopf in den Nacken legte. Während er sie leckte, tröpfelte er ein paar Spritzer Champagner in ihren Bauchnabel. Es prickelte erotisch, und sie öffnete die Augen wieder. „Sag mal, weshalb liege ich hier eigentlich wieder mal total nackt herum, während du noch immer angezogen bist?", fragte sie mit gespielter Entrüstung.

„Weil du immer verlierst …?"

Er grinste frech.

„Aber wir haben doch gar nicht gespielt."

„Deshalb durftest du ja diesmal auch deine Nylons anbehalten … Würde es dich denn glücklich machen, wenn ich mich ausziehe?"

„Oh, ja! Der Champagner hat mich wieder frisch gemacht. Von mir aus könnten wir mit einer Rochade weitermachen. Was meinst du?"

Verführerisch legte sie einen Arm hinter den Kopf und lenkte damit Sams Blick auf ihre aufgerichteten Brustwarzen.

„Ich bin bereit für die nächste Partie!"

Er nahm ihr das Glas ab, stand auf und war in Windeseile aus seinen Klamotten geschlüpft. Als er sich wieder über sie beugen wollte, richtete sie sich auf. „Tauschen bei einer Rochade die Figuren nicht ihre Positionen?" Sie sah ihn herausfordernd an und drückte seinen Oberkörper sanft zurück auf die Bettdecke. „Jetzt werde ich dich verwöhnen."

Damit schwang sie sich rittlings auf seine Hüften. Sie spürte seinen Schwanz zwischen ihren Schenkeln und drängte sich ihm entgegen, als Sam begann, ihren Busen zu kneten, während sie seine glatte Brust streichelte, bis sich auch seine Nippel verhärteten. Gemächlich glitten ihre Hände an seinem Bauch hinab und griffen nach seinem Schwanz.

Er schloss die Augen und stöhnte auf, als ihre Finger ihn berührten. Sie spürte, wie ein Zucken durch sein Becken ging und er sich unter ihr regte. Ohne ihn loszulassen, ließ sie sich langsam nach hinten gleiten. Sie ließ den Oberkörper auf ihn sinken und rieb sich an seiner Haut.

Sie klemmte seinen Schwanz zwischen ihre weichen Brüste. Die Therapie wirkte sofort – während sie ihren Oberkörper auf und ab bewegte, spürte sie, wie er sich zu seiner vollen Größe aufreckte. Sie wurde dabei selbst immer geiler und feuchter. Sam stöhnte und atmete schwer, während sie ihn massierte.

Dann hielt sie es nicht mehr aus. Sie nahm seinen prallen Schwanz zwischen ihre Finger und begann seinen Schwanz genüsslich in sich einzuführen. Ein tiefes Stöhnen entrang sich seiner Kehle, als er von ihr aufgenommen wurde.

Alice begann, ihr Becken auf und ab zu bewegen. Erst langsam und dann immer schneller. Seine Finger tasteten nach ihren Brüsten und kniffen in ihre harten Nippel. Der erregende Schmerz ließ sie lustvoll aufkeuchen. Dadurch verlor sie einen Moment lang den Rhythmus, aber schon umschlossen seine Hände ihren Hintern. Er drückte sie hoch und runter und taktete sie wieder ein. Sie hörte das schmatzende Geräusch, das bei jeder Bewegung zwischen ihren Schenkeln entstand, und fühlte seinen Schwanz tief in sich. Er passte noch immer perfekt in sie hinein, und sie konnte gar nicht genug davon bekommen, doch plötzlich lockerte sich der Griff seiner Hände an ihrer Hüfte.

„Los, dreh dich um. Ich will dir dabei auf deinen geilen Arsch gucken", stieß er heiser hervor. Ohne ihn aus sich herausgleiten zu lassen, drehte sie sich um. Schon packten seine Hände wieder zu und kneteten ihren Hintern. Er hob und senkte ihr Becken unerbittlich. Alice hatte das Gefühl, dass er jetzt noch intensiver in sie eindrang. Sie keuchte laut, und ihre Hand wanderte zwischen ihre Schenkel und fanden ihn.

Er stöhnte auf und befahl: „Fass mich richtig an! Reib mich!"

Alice gehorchte sofort. Es gefiel ihr, wie er mit ihr sprach. Sie streichelte und knetete ihn mit ihren Fingern.

Plötzlich wurde ihre Taille von Sams Arm fest umschlungen und der Körper nach vorne gedrückt. Sie kniete, den Hintern in die Höhe gereckt, während ihr Oberkörper nach unten gepresst wurde. Er richtete sich hinter ihr auf und begann, hart zuzustoßen. Während seine kräftigen Hände ihre Hüften hielten, rammte er seine Lenden wieder und wieder mit voller Kraft gegen ihren Hintern. Alice stöhnte vor wohligem Schmerz und Ekstase.

Sam keuchte: „Du bist so geil! Ich geb' dir, was du brauchst! Kannst du mich spüren?"

Ein letztes Mal stieß er hart zu, und während der Orgasmus über sie hinwegbrandete, spürte Alice, wie er sich in sie ergoss.

Zuckend und ineinander verschlungen sackten sie zusammen. Er lag auf ihrem Rücken und umklammerte noch immer ihre Schultern. Sie atmeten schwer. Alice registrierte das Gewicht seines Körpers auf ihr und spürte, wie sein Saft aus ihr heraustropfte. Als er Anstalten machte, sich aus ihr zurückzuziehen, tastete ihre Hand nach seinem Po.

„Bitte bleib noch einen Moment. Ich will dich so lange wie möglich in mir spüren."

Er biss ihr spielerisch in den Nacken und murmelte: „Du kannst nicht immer haben, was du willst."

In diesem Moment rutschte sein Schwanz aus ihr heraus. Alice durchfuhr ein Gefühl des Verlustes. Sam ließ sich von ihr hinuntergleiten und drehte sie zu sich. Zärtlich küsste er ihre Augenlider.

„Sind das da Tränen?“, fragte er plötzlich.

Alice versuchte ein Lächeln und antwortete mit erstickter Stimme: „Ach, das sind nur Freudentränen, weil es so überwältigend war. Aber jetzt ist es vorbei, und morgen fliegst du zurück nach England. Ich werde das hier sehr vermissen …“

Sie schniefte leise und sah ihn aus glasigen Augen an. Er wischte zärtlich ihre Tränen beiseite.

„Aber, aber, Alice, wie kann man nach so einem fantastischen Fick traurig sein? Ich reise doch erst mittags ab. Du bleibst hoffentlich über Nacht? Dann können wir ausschlafen und zusammen frühstücken. Was meinst du?“

Energisch wischte sie sich die letzte Träne aus dem Augenwinkel und lächelte Sam tapfer an. „Meinst du? Dann mach ich morgen blau und bring dich noch zum Flughafen.“

„Siehst du, wenn man bereit ist, etwas zu opfern, dann bekommt man auch etwas dafür …“, bemerkte er vielsagend. Dabei blitzten die winzigen goldenen Punkte in seinen braunen Augen auf. „So, und jetzt Schluss mit traurig sein! Hast du Lust auf mehr Champagner und ein bisschen Kaviar? Ich hab jetzt Appetit.“

Damit schwang er sich aus dem Bett und bestellte beim Roomservice das Gewünschte.

Wenig später schob ein livrierter Kellner einen Servierwagen, auf dem der Flaschenkühler mit dem Champagner und unter einer silbernen Cloche der Kaviar standen, neben den Tisch im Wohnzimmer, an dem Alice im Bademantel saß.

„Soll ich die Flasche gleich öffnen?", fragte er höflich, während er auf das Brettspiel blickte, das vor Alice stand.

„Nein, danke. Das mache ich schon", antwortete Sam und riss bereits den Metallfaden von der Flaschenkappe.

„Sie spielen Schach?", fragte der Kellner interessiert.

Alice blickte nur kurz auf. Sie hatte keine Lust, sich einen Small Talk aufzwingen zu lassen und antwortete kurz angebunden: „Ja …"

Doch der Bedienstete ließ sich nicht beirren, sondern war jetzt ganz aufgeregt. „Sie spielen Silber und sind am Zug?"

„Ja, und?", fragte Alice abweisend.

„Na, dann herzlichen Glückwunsch! In drei Zügen haben Sie Gold mattgesetzt."

Sie blickte ihn ungläubig an. „Echt?"

Sam sagte kein Wort, sondern entfernte langsam den Metalldraht vom Korken, während der Ober sich konzentriert über das Schachbrett beugte.

„Ja, klar. Sehen Sie, wenn Sie Ihren Läufer dahin ziehen, muss Gold seine Dame schützen. Dann rücken Sie mit Ihrem silbernen Springer nach und schon haben Sie mit dem Turm freies Schussfeld auf den goldenen König – schachmatt. Glückwunsch!"

Der Mann drehte sich stolz lächelnd zu Sam um, der ihn mit einem eisigen Blick bedachte und ihm wortlos einen Fünfzigeuroschein in die Hand drückte.

„Wir haben dann alles …", knurrte er.

Der Kellner bedankte sich mit einem kurzen Nicken und schloss schleunigst die Tür hinter sich. In diesem Moment schoss der Korken mit einem Knall an die Zimmerdecke, und der Champagner perlte aus der Flasche. Alice sprang hastig auf und hielt die Kristallgläser darunter. Sie bemerkte irritiert Sams undurchdringliche Miene, während er einschenkte. Doch dann erhob er sein Glas und prostete ihr zu.

„Auf die Siegerin! Ab sofort muss ich dich wohl Großmeisterin nennen, was …?“

„Ach, Unsinn, das war ein Zufallstreffer“, beschwichtigte sie ihn, denn der dunkle Ton seiner Stimme passte nicht zu seinen leicht dahingesagten Worten. „Du bist und bleibst mein Großmeister! Prost!“

Alice stieß mit ihm an und leerte ihr Glas in einem Zug. Dann sagte sie lächelnd: „Aber weißt du, was das bedeutet?“

Er hob fragend seine Augenbraue.

„Heute bist du schachmatt und schuldest mir dafür ein Kleidungsstück!“

„Ach ja …?“, murmelte er. „Tja, ich hab aber nur diesen Bademantel an.“

„Ist das nicht schön?“, neckte sie ihn weiter und entlockte ihm endlich ein Lächeln. Übermütig fuhr sie fort: „Los! Klamotten runter, Baby! Du wirst deinen Kaviar splitternackt essen, während ich dich dabei beobachte …“

Mit ihrer Fröhlichkeit hatte sie es geschafft, dass seine Laune wieder so gut war wie zuvor. Lachend öffnete er den Gürtel seines Mantels und ließ ihn zu Boden gleiten. Ohne auf ihre lüsternen Blicke zu achten, öffnete er die Cloche, nahm den winzigen Schildpattlöffel und ein Bliny, löffelte etwas Kaviar auf den Eierkuchen und hielt ihn Alice lockend vor die Lippen. Als sie danach schnappte, zog er das Häppchen weg und steckte es selbst in den Mund.

Entrüstet rief sie: „Aber das war meins!“

Er sah sie streng an.

„„Aber? Habe ich da gerade einen Widerspruch gehört? Daran müssen wir noch arbeiten.“

Irritiert sah sie ihn an. Alice war sich nicht sicher, ob er den Tadel ernst meinte, und lächelte ihn schuldbewusst an.

„Ich dachte ja nur …"

„Tja … Wusstest du denn nicht, dass man Kaviar auf gar keinen Fall im Bademantel essen darf?"

Mit übertriebenem Akzent fuhr er fort: „Is sich sähr altes russisches Gesetz …"

Lachend erhob sich Alice aus ihrem Sessel, beobachtete, wie er das nächste Kaviar-Häppchen zubereitete, und zog dabei langsam ihren Gürtel auf.

„Na, wenn sich is sähr altes russisches Gesetz, muss ich mich wohl fügen."

Damit ließ sie den Bademantel auf den Boden gleiten und nutzte seinen gebannten Blick auf ihren nackten Körper, um ihm das köstliche Bliny mit einem schnellen Griff aus der Hand zu schnappen und sich sofort in den Mund zu schieben. Genüsslich verdrehte sie die Augen.

„Joi, Briederchen – du hast recht. Kaviar sollte man unbedingt nackt genießen … Gib mir mehr …!"

Den Rest der Nacht tranken Alice und Sam Champagner und dachten sich immer neue Gesetze aus, wie und wo man Kaviar zu sich nehmen sollte. Es war ein erregendes Festmahl.

6. KAPITEL

Als sie sich am Flughafen voneinander verabschiedeten, bemühten sie sich, unbeschwert und locker zu sein. Weder Alice noch Sam hatten das Thema Zukunft angesprochen. So blieb unklar, ob es nach ihrem erotischen Revival die Chance oder den Wunsch auf weitere Revanchen gab. Doch kaum war er durch die Abfertigungsschleuse verschwunden, kullerten bei Alice die Tränen.

Wieder zu Hause legte sie CDs ein und schwelgte den Nachmittag über schluchzend in Erinnerungen. Als ihre beste Freundin Melanie sie abends anrief, klagte Alice ihr ausführlich ihr Leid. „Und nun ist er weg. Und ich weiß nicht, wann ich ihn wiedersehen kann. Und ob er mich wiedersehen will. Ach, und überhaupt … Es ist alles so schrecklich, Melli!"

Alice war das heulende Elend. Doch Melanie kannte ihre Freundin und wusste, wie sie sie aufmuntern konnte.

„Da hilft nur essen und viel trinken! Wir gehen heute Abend zu dem neuen Thai, der bei dir in der Nähe aufgemacht hat. Das wird dich auf andere Gedanken bringen. Und danach nehmen wir noch einen Cocktail in der schnuckligen Bar da gleich um die Ecke!"

„Das geht nicht! Wie seh ich denn aus? Ich bin total verheult. So kann ich doch nicht unter Menschen …", jammerte Alice wieder.

Doch jetzt wurde Melanie streng: „Du hast genau eine halbe Stunde Zeit, um dich halbwegs akzeptabel herzurichten. Dann hole ich dich ab! Nun los!"

Damit legte sie auf und gab Alice keine Gelegenheit, weiter zu lamentieren. Die riss sich zusammen, spritzte kaltes Wasser ins Gesicht, versuchte mit ein bisschen Puder die roten Heul-Flecken in den Griff zu kriegen und ging mit Melanie essen. Zur Tom-Kha-Gai-

Suppe klagte sie ihrer Freundin noch ihr Leid, aber zum Hühnchen in grüner Curry-Sauce war sie schon wieder in der Lage, ihr ausführlich und kichernd von dem geilen Sex mit Sam, von ihrem Sieg beim After-Sex-Schach und den köstlichen Folgen für den Rest der Nacht zu berichten.

„Hast du schon mal echten Beluga-Kaviar nach dem Sex gegessen?", fragte sie verschwörerisch.

„Nee, weder davor noch danach. Eigentlich noch überhaupt nicht. Ist das lecker?", erkundigte sich Melanie interessiert.

„Kommt drauf an, wie man ihn zu sich nimmt …"
Alice hob vielsagend eine Augenbraue.

„Na, komm schon! Ich will alle schmutzigen Details!"

„Also, da gibt es verschiedene, sähr alte russische Gesetze …"

„Ach …"

„Tja, also, zunächst mal muss man splitternackt sein …"

„Was?"

„Und dann kann man ihn natürlich einfach auf Bliny essen, aber das ist die langweilige Variante …"

Sie machte eine Kunstpause.

„Und? Wie macht man's denn nun richtig? Muss ich dir heute alles einzeln aus der Nase ziehen?", fragte Melanie ungeduldig.

„Nee, also aus der Nase nicht …" Alice kicherte. „Aber man kann die Fischeierchen von Mund zu Mund servieren oder aus dem Bauchnabel schlecken, aber am besten hat es mir von seinem … du weißt schon … geschmeckt."

„Du hast russischen Kaviar von seinem Schwanz geleckt …?", fragte Melanie so laut, dass sich das Pärchen am Nebentisch umdrehte.

„Psst!", mahnte Alice ihre Freundin.

Flüsternd wiederholte Melanie:

„Echt? Von seinem Schwanz?"

Alice lächelte wissend.

„Oh, ja! Und er hat sich eine Portion zwischen meinen Beinen platziert und mit seiner Zunge jedes einzelne Körnchen gefunden …"

„Oh … Echt?" Melanie war fasziniert.

„Na, hör mal, Kaviar ist teuer. Da darf man nichts verschwenden …", kicherte Alice.

„Oh, Mann, das klingt ja herrlich versaut. Warum passiert mir so was nie? Ich beneide dich!"

Alice seufzte auf.

„Ja, da hat man endlich einen Mann gefunden, oder besser wiedergefunden, der einem so viel Lust bereitet, wie man sie schon lange nicht mehr hatte … Also, jedenfalls ist es gemein, dass Sam in London lebt und ich hier! So! Gemein, gemein!"

„Ja, ich kann deinen Frust ja verstehen. Aber nun sei doch mal zufrieden, dass du so eine heiße Geschichte überhaupt erlebt hast. Davon träumen andere Frauen ihr Leben lang und meist vergeblich! Guck mich an!"

„Aber ich dachte, du wärst glücklich mit Tom."

„Ja, bin ich ja auch …" Melanie zögerte. „Aber wir haben noch nie miteinander Schach gespielt oder Kaviar gegessen …"

„Na, dann kauf doch mal ein Döschen für euch beide. Wer weiß, auf welche Ideen ihn das noch bringt …"

„Meinst du? Der gute, alte, grundsolide Tom? Aber einen Versuch ist es wert! Gute Idee! Danke!"

Melanie strahlte sie an, und Alice lächelte wissend zurück.

Nach dem Essen gingen sie in die kleine Cocktail-Bar, ein paar Straßen weiter.

„Ich brauche heute einen ‚Sex on the beach‘!“, verkündete Alice gut gelaunt.

„Du hast echt nur noch das eine im Kopf, was?“, fragte Melanie lachend. Die beiden giggelnden Frauen zogen die Blicke der anderen Gäste auf sich. Schließlich fragte der Barkeeper sie nach ihren Getränkewünschen: „Und womit kann ich die Damen noch glücklicher machen, als ihr sowieso schon seid?“

Alice strahlte ihn übermütig an. „Wir hätten gerne jetzt sofort ‚Sex on the beach‘! Kannst du uns da irgendwie helfen …?“

Kichernd drehte sie sich zu Melanie um, die sich vor Lachen bog. Der Keeper hatte diesen Scherz sicher nicht zum ersten Mal gehört, aber er spielte mit.

„Bis der Sand und die Palmen da sind, mixe ich euch schon mal die Cocktails, okay?“

Immer noch lachend ließen sie sich auf zwei Barhockern an der Theke nieder.

„Hier war ich schon ewig nicht mehr“, sagte Alice schließlich.

„Ich auch nicht, aber ist doch ganz nett, oder?“

„Ja, schön kuschelig und übersichtlich. Und der Keeper ist ja Zucker … Den kenn ich noch gar nicht. Ist der neu?“

„Keine Ahnung. Frag ihn doch mal.“ Melanie sah sie auffordernd an.

„Du glaubst wohl, ich trau mich nicht …“, antwortete Alice. Sie beobachtete den Mann hinter dem Tresen, der gerade konzentriert mit mehreren Flaschen und dem Cocktailshaker hantierte.

Appetitlicher Hingucker, ging es ihr durch den Kopf. Ob die Oberarmmuskeln vom Shaken kommen? Wenn er sich doch bloß mal umdrehen würde, damit sie begutachten könnte, ob er einen Knack-Arsch hat.

Sie scannte das Regal hinter ihm ab. Unter der Espressomaschine wurde sie fündig.

„Tschuldige, kannst du mir wohl eins von den Streichholzheftchen aus der Schale ganz da unten geben?“, bat sie ihn mit Unschuldsmiene.

Er blickte sich suchend um, folgte ihrem Fingerzeig und bückte sich nach den Streichhölzern. Seine Jeans spannte bei der Bewegung. Alice sog die Luft zwischen ihren Zähnen ein.

Oh, was für ein hübscher, kleiner Hintern. Da würde man doch zu gerne mal zugreifen …

Melanie hatte die Inszenierung genau verfolgt und begriffen, was Alice bezweckte.

„Sehr appetitlich“, kommentierte sie flüsternd die knackige Rückenansicht des Keepers. Als der sich mit dem Streichholzbriefchen wieder aufrichtete, bemerkte er die Blicke der beiden Frauen vor seinem Tresen.

„Wenn ich sonst noch etwas tun kann, um euch glücklich zu machen, sagt einfach Bescheid …“

Ertappt stammelte Alice: „Och, mit den Cocktails wären wir erst mal zufrieden.“

Lächelnd legte er zwei Servietten auf die Theke und servierte die Drinks.

Drei Stunden und mehrere quietsch bunte Drinks später hatten Alice und Melanie nach langem Hin und Her beschlossen, bis zum Feierabend zu warten und den leckeren Barkeeper gemeinsam abzuschleppen. Was sie dann mit ihm anstellen wollten, war ihnen noch nicht ganz klar, einen flotten Dreier hatte keine von ihnen bislang ausprobiert, aber der Plan stand. Sie waren mittlerweile sehr betrunken.

„Bis’ du dir auch ganz sicher?“, fragte Melanie mit schwerer Zunge.

„Na, sicher!“, brachte Alice lallend hervor.

„Dann erklärs' du ihm jetz', was ihn gleich erwartet. Oder besser, was wir von ihm erwart'n …“

„Das's überhaupt kein Problem … Lass mich nur noch eben austrinken.“

„Ich geh jetz' zum Klo un' du klärs' das, okay?“

„Überhaupt kein Problem …“, wiederholte Alice mit großer Geste.

Schwankend erhob sich Melanie von ihrem Barhocker und schlug halbwegs aufrecht den Weg zur Toilette ein. Alice lächelte Tom verführerisch an. Zumindest fühlte sich ihr schiefes Grinsen für sie so an.

Beim zweiten Glas hatten sie darauf bestanden, mit ihm Brüderschaft zu trinken und dabei seinen Namen erfahren.

Tom blickte Alice skeptisch an.

„Deine Freundin ist schon ein kleines bisschen drüber, oder? Willst du sie nicht lieber mal langsam nach Hause bringen?“

„Das's überhaupt kein Problem … Wann has' du eigentlich Feierabend?“

„Eigentlich schon seit einer halben Stunde.“

„Oh … Un' du has' nur weg'n uns noch auf?“, fragte sie freudestrahlend.

„Nicht direkt … Ich erwarte noch jemanden.“

Wie vom Donner gerührt setzte Alice sich halbwegs aufrecht hin und starrte ihn entgeistert an.

„Oh … Wen denn?“

In diesem Moment ging die Tür auf, und ein junger Mann betrat die Bar.

„Da bist du ja endlich!“, strahlte Tom ihn an, und Alice beobachtete staunend, wie der neue Gast sich direkt neben ihr über den Tresen beugte und Tom einen langen Kuss gab.

„Sorry, ich hatte da noch ein paar Gäste, die einfach nicht gehen wollten. Aber jetzt bin ich ja da“, lächelte der Fremde.

„Das Problem kenn ich ...“, murmelte Tom ihm leise zu.

Doch Alice hatte es gehört und erhob sich so lässig wie möglich von ihrem Hocker.

„Das’s überhaupt kein Problem!“, sagte sie einen Tick zu laut.

In diesem Moment kam Melanie zurückgeschwankt. Sie sah ihre Freundin fragend an.

„Und? Hasse alles geklärt?“

Alice griff wortlos nach den beiden Jacken, die sie über die Hocker gelegt hatten.

„Hier is’ alles geklärt. Tschüss, Jungs, netten Abend noch. Wir müssen denn mal los“, stieß sie möglichst cool hervor.

Tom sah sie fragend an.

„So plötzlich?“

„Ja, wir ham da noch’n anneres Date ...“

„Na, gut, dann krieg ich zweiundsiebzig Euro von euch.“

„Was’n los?“, fragte Melanie verwirrt.

Doch anstatt zu antworten, kramte Alice nur konzentriert in ihrem Portemonnaie, zählte achtzig Euro auf den Tresen, winkte dem Keeper halbherzig zu und zog ihre Freundin schleunigst mit nach draußen. Auf der Straße schüttelte Melanie ärgerlich ihre Hand ab.

„Ey, was’n plötzlich los? Ich dachte, wir wollt’n den leckeren Tom abschleppen.“

„Aber da war doch schon der annere Kerl ...“, antwortete Alice genervt.

„Na, den hätten wir doch auch noch mitneh’m könn’!“, ließ Melanie nicht locker.

„Mann! Die Typen sind schwul! Du merks’ aber auch überhaupt nix!“, brüllte Alice.

Melanie sah sie verblüfft an.

„Oh … schade … Aber nun reg dich doch nich’ so auf. Da kann ich doch nix für.“

„Stimmt auch wieder …“ Alice verstummte und überlegte einen Moment. Dann stieß sie hervor: „Aber wir könnt’n sie doch einfach ma’ frag’n … Vielleicht hätt’n die ja mal Lust auf was Neues …“

„Du gibs’ wohl nie auf, was?“

„Verdammt, ich will Sex!“, brüllte Alice quer über die nächtliche Straße. „Und Schach! Und Kaviar! Und S. M. – Sam MacAllan!“

Dann heulte sie plötzlich laut los. Melanie versuchte, sie zu beruhigen.

„Jetz’ geh’n wir ers’ mal schön nach Hause, un’ morgen sieht die Welt ganz anners aus. Okay?“

Alice hörte abrupt auf zu schluchzen.

„Du has’ ja so recht. Meine beste Freundin! Wenn ich dich nich’ hätte …“

Sie fiel Melanie theatralisch um den Hals.

Schließlich winkte Melanie ein Taxi heran, und Alice schwankte zwei Straßenecken weiter nach Hause. Sie schaffte es gerade noch, den Wecker auf neun Uhr zu stellen, fiel dann samt Klamotten aufs Bett und war augenblicklich eingeschlafen.

7. KAPITEL

„Oh, du scheinst ja wirklich krank zu sein", rief Susan besorgt aus, als Alice sich um kurz nach zehn mit Leidensmiene vorsichtig auf ihren Schreibtischstuhl sinken ließ.

„Brüll mich doch bitte nicht so an", antwortete sie und hielt sich den schmerzenden Kopf.

„Tschuldige", drosselte ihre Kollegin die Stimme. „Was fehlt dir denn? Siehst echt schlimm aus. Warum bist du denn nicht noch einen Tag länger zu Hause geblieben?"

„Ach, geht schon wieder. Vielleicht 'ne Grippe. Mein Kopf dröhnt jedenfalls heftig."

Aus trüben Augen blickte sie die Frau an, mit der sie das Büro teilte.

„Ach, ich dachte, du hättest Bauchschmerzen?", fragte Susan interessiert nach.

Erst jetzt fiel Alice die Kranken-Geschichte ein, die sie ihr gestern aufgetischt hatte, als sie wegen Sam blaugemacht hatte. Aber zum Glück war Susan naiv genug, ihr auch einen spontanen Symptomwechsel abzukaufen. Hoffte Alice jedenfalls.

„Ja, Bauchschmerzen, Kopfschmerzen – eben Schmerzen …", murmelte sie unbestimmt.

„Du Arme! Soll ich dir einen grünen Tee machen?"

„Nee, lass mich einfach nur hier sitzen", antwortete Alice müde.

Susan ging ihr mit ihrem Getue auf die Nerven. Ewig hatte sie für alles und jeden Verständnis, spielte sich als gute Seele der Agentur auf. Und was Alice dabei am meisten nervte – sie hatte damit, zumindest bei den männlichen Kollegen, Erfolg. Die ließen sich von der zarten Blondine mit den blauen Kinderaugen, die ständig über alles zu staunen schienen, nur zu gern bemuttern.

Nachdem sie einen großen Schluck Latte Macchiato genommen hatte, entspannte Alice sich etwas. Sie schaltete den Computer an und machte es sich auf ihrem Bürostuhl halbwegs bequem. Während sie darauf wartete, dass der PC hochfuhr, blickte sie in ihr To-do-Körbchen auf dem Schreibtisch.

Softdrink, Joghurt oder Tütensuppe … Nee, ich kann mich heute echt nicht mit Werbesprüchen für Nahrungsmittel beschäftigen. Dazu ist mir viel zu schlecht. Vielleicht sollte ich mich an den Auftrag für das Designersofa machen. Da fällt mir bestimmt was zu ein. Sie überlegte einen Moment. Sich zurücklehnen, entspannen, gemütlich machen, herumliegen, schlafen, geilen Sex haben … Sie grinste in sich hinein. Ich fürchte, der Kunde wünscht einen anderen Werbespruch, als: ‚Auf unserem Luxus-Sofa werden Sie den Fick des Jahrtausends erleben‘.

Alice kicherte bei dem Gedanken laut auf. Sofort lächelte Susan sie unsicher an.

„Geht's besser?“

„Geht so …“, murmelte Alice und starrte auf ihren Monitor, auf dem die Erinnerung an einen Termin aufblinkte. Ihr Chef wollte um elf mit ihr über ein neues Projekt sprechen.

Oh, das hätte ich ja fast vergessen. Bin gespannt, worum es dabei geht. Muss ja ein wichtiger Auftrag sein, wenn er vorher nicht mal ein paar Details rauslässt. Besser ich mach mich ein bisschen frisch für das Meeting bei Leo.

Zehn Minuten später erschien sie dezent gepudert und so entspannt wie möglich im Büro ihres Chefs.

„Hi, Leo. Du wolltest mit mir sprechen?“

„Hallo Alice, schön, dass du wieder da bist. Setz dich doch", sagte er freundlich und deutete auf den Sessel ihm gegenüber.

Leo war verheiratet, ein Stückchen kleiner, wenn sie ihre Pumps anhatte, trug grundsätzlich ein blaues Markenhemd zur Jeans, hatte eine sportliche Figur und graue Schläfen. Sie fand ihn sehr sexy und auch ihm schien nicht entgangen zu sein, wie attraktiv seine junge Texterin war. Bei Meetings flirteten die beiden ein bisschen, aber mehr war in dem halben Jahr, das Alice jetzt für seine Agentur arbeitete, nicht geschehen. Leo lächelte sie charmant an und wartete, bis sie saß.

„Na, was gibt's Neues?", fragte sie gespannt.

Stolz platzte er heraus: „Wir kriegen den Auftrag einer englischen Brauerei!"

„Echt?", fragte Alice beeindruckt.

„Ja, die planen, ein Mixgetränk auf den deutschen Markt zu bringen, und haben dafür nach einer innovativen Agentur gesucht. Tja, und ich konnte sie überzeugen, dass wir die Richtigen sind!"

„Super! Und das ist fix?"

„Na ja, es gibt wohl noch einen Pitch, aber der Marketingchef der Engländer hat mir signalisiert, dass das reine Formsache ist, wenn wir ein tolles Konzept ausarbeiten. Und da kommst du ins Spiel …"

Leo nickte Alice auffordernd zu.

„Echt? Ich? Wie jetzt?"

Nur langsam drang die Bedeutung seiner Worte durch den Nebel in ihrem schweren Kater-Kopf. Sie riss sich zusammen und erwiderte: „Solche großen Sachen macht doch sonst immer Alex mit seinen Leuten. Aber wenn du mir das zutraust – gerne! Ich werd dich nicht enttäuschen. Hast du schon ein paar Infos, damit ich mich gleich an die Arbeit machen kann?"

Leo freute sich über ihre euphorische Reaktion, griff nach einem Stapel Papiere und stand auf. „Ist alles hier. Fotos und Infos zu der Briten-Brause. Moment, ich erklär's dir …“

Er kam um den Schreibtisch herum und stellte sich hinter Alice. Als er sich vorbeugte, um die Unterlagen vor ihr auszubreiten, stützte er sich an ihrem Stuhl ab. Die Duftwolke seines Aftershaves stieg ihr angenehm in die Nase.

Sie versuchte, sich auf die Papiere zu konzentrieren, während Leo ihr erklärte, worum es ging. Doch sie war durch seine ungewohnte körperliche Nähe abgelenkt. Gedanken an ein Designer-Sofa, auf dem sie aneinander gekuschelt mit Leo ein britisches Mixgetränk schlürfte, jagten durch ihren Kopf. Außerdem wurde ihr bewusst, dass Leo gerade den perfekten Blick auf ihr Dekolleté hatte. Ihre rote Bluse war so weit aufgeknöpft, wie es im Büro gerade noch passend war, und schmiegte sich eng an ihrem Busen. Von schräg oben konnte er den Ansatz ihrer Brüste eingehend betrachten.

Augenblicklich verhärteten sich ihre Nippel und zeichneten sich durch den Stoff deutlich ab. Sie hörte Leos sonore Stimme wie durch Watte und konnte sich kaum auf seine Worte konzentrieren. Bilder von verbotenem Sex mit ihrem Chef schossen ihr durch den Kopf.

„… Durst löschen, wenn's heiß hergeht, und so weiter. Na, du weißt schon. Alles klar?“, hörte sie ihn gerade sagen.

„Ja, klar. Verstehe“, beeilte sie sich zu erwidern. „Bis wann soll er stehen? Äh, also die Kampagne … Bis wann muss die stehen?“

Leo beugte sich noch ein Stückchen tiefer zu ihr hinunter und sah sie irritiert an.

„Hab ich doch gerade gesagt. Bis nächste Woche. Schaffst du das?“

Alice riss sich zusammen und antwortete:

„Du weißt doch, ich schaffe alles!"

Lächelnd erhob sie sich. Dabei berührte sie ihn wie zufällig mit ihrer Brust am Arm. Er schien ihre harten Brustwarzen gespürt zu haben, denn sein Blick flackerte kurz auf und wanderte wieder in ihr Dekolleté. Einen Tick langsamer als nötig, nahm er seinen Arm zurück und ließ sie passieren. Als sie fast an der Tür war, meinte er leise: „Wo bist du nur mit deinen Gedanken …?"

Ertappt dreht sie sich um.

„Willst du die Unterlagen nicht mitnehmen?", schmunzelte er.

„Oh … Ja, klar."

Sie lächelte zurück, nahm die Papiere entgegen und war sich bewusst, dass er ihr auf den Hintern starrte, als sie das Büro verließ.

Mit größter Anstrengung brachte sie den restlichen Tag hinter sich. Trotz schmerzenden Kopfes und leichter Übelkeit ließ sie das Geplapper von Susan über sich ergehen, produzierte ein paar Ideen zu englischen Mixgetränken für den Papierkorb und hing ihren Gedanken über Sex auf Luxussofas mit Sam und/oder Leo nach. Dann war endlich Feierabend.

Langsam ging es ihr besser. Die Lebensgeister erwachten wieder, und sie überlegte, was sie mit dem Abend anfangen sollte. Nach der gestrigen Nacht stand ihr der Sinn nicht nach Cocktailbars. Stattdessen zündete sie ein paar Kerzen an, legte romantische Musik auf und fläzte sich auf ihre Couch. Sie dachte an die Nacht mit Sam. Ihre Hand wanderte langsam zwischen ihre Beine, und sie begann, sich zu streicheln. Doch schnell merkte sie, dass das nur ein ganz müder Ersatz für Sams kräftige Finger und seine raffinierte Zunge war. Was er wohl gerade machte? Dachte er auch an sie? Und weshalb hatte er sich eigentlich noch nicht gemeldet?

Alice setzte sich kerzengerade auf, als ihr bewusst wurde, dass der Mann, mit dem sie gemeinsam Schach gespielt, Kaviar gegessen und den Sex ihres Lebens – also, zumindest des Jahres – gehabt hatte, es nach zwei endlos langen Tagen noch immer nicht für nötig befunden hatte, sich bei ihr zu melden. Entrüstet dachte sie: Ich bin doch kein kurzer Dienstreisen-Fick! Unverschämtheit! Dem werd ich jetzt gleich mal eine gepfefferte Mail nach London schicken!

Entschlossen schaltete sie ihr Laptop ein und wartete ungeduldig darauf, dass sich das Programm öffnete. Dann endlich … Wütend wollte sie gerade den Button für eine neue Mail anklicken, als sie entdeckte, dass in ihrem privaten Postfach eine Mail von Sam MacAllan angekommen war. Schon gestern Nacht! Genau zu dem Zeitpunkt, als sie mit Melanie diesen Barkeeper abschleppen wollte.

Ein bisschen schlechtes Gewissen machte sich breit, als sie seine Botschaft las:

Hallo Alice,
bin gerade zurück zu Hause. War noch mit meinen beiden Freundinnen essen und Wiedersehen feiern. Ich fand's ein bisschen übertrieben, dass sie mich schon nach zwei Tagen so vermissen, aber man soll Frauen ja nicht widersprechen … Das hab ich von den beiden gelernt.
Aber jetzt zu Dir, meine Liebe!
Hoffe, du kannst inzwischen wieder laufen …?
Ich hab noch etwas Mühe damit …
Unser Wiedersehen war wirklich sehr befriedigend … Findest Du nicht auch? Vielleicht können wir ja bald mal wieder zusammen spielen?! Zur Not auch Schach … ;-)
Ich lecke Dich, Sam

Verwirrt saß Alice vor ihrem Computer. Was hatte das zu bedeuten? Sie las seine Zeilen erneut und dachte: Zwei Freundinnen? Zwei? Was geht denn da ab? Wieso erzählt der Kerl mir erst mal ausführlich von zwei anderen Weibern, noch bevor er mir schreibt, dass unser Wiedersehen toll war? Und dann nur Sauereien … Wo bitte bleibt denn da die Romantik? Was soll der Mist? Männer!

In ihr brodelte es. Sie war enttäuscht und sauer. Wütend grübelte sie über eine angemessene Reaktion nach. Und je länger Alice sich hineinsteigerte, desto klarer wurde ihr, wie sie auf seine Zeilen reagieren sollte.

Auf keinen Fall würde sie ihm die Genugtuung gönnen, dass er nur mit dem Finger schnippen musste. Er durfte niemals erfahren, dass sie sich die Augen nach ihm ausheulte. Er sollte sich bloß nicht einbilden, dass sie auch beim nächsten Mal sofort springen würde. Nein! Sie würde garantiert nicht diejenige sein, die ihm hinterherlief, sondern ihm deutlich klarmachen, was für eine Spitzen-Lady er da verpasste.

Wenn er in London gleich mit zwei Freundinnen prahlte, würde sie ihn eben mit jeder Menge männlicher Konkurrenz ausstechen!

Woll'n wir doch mal sehen, wer von uns beiden der bessere Stratege ist. Ich werd dir schon zeigen, wie meine Dame übers Schachbrett fegt und dabei so manchen Bauern, Läufer, Turm oder Springer mitnimmt. Noch ist nicht klar, wer hier wen schachmatt setzt, mein Lieber! Das Spiel ist eröffnet! Nachdem du den ersten Zug mit deinen zwei Tussen gemacht hast, spiele ich diesmal mit Schwarz! Schwarz steht mir sowieso viel besser als Weiß. Du wirst schon noch auf Knien angekrochen kommen, um mit so einer Klasse-Frau wie mir zusammen sein zu dürfen. Das wäre doch gelacht! Ha! Sie drückte den Antwort-Button und legte los:

Hallo Sam,

sorry, dass ich erst jetzt zum Antworten komme, aber gestern war ich auch unterwegs – mit einem Freund essen und anschließend in einer schicken Cocktail-Bar. Der neue sexy Barkeeper wollte mich einfach nicht gehen lassen … Leider musste ich ihn irgendwann doch enttäuschen und nach Hause, um fit für meinen Job zu sein. Und es hat sich gelohnt!

Mein Chef Leo hat mir heute den größten Auftrag, den unsere Agentur je hatte, anvertraut. Ich befürchte allerdings, er hält nicht nur von meiner Arbeit große Stücke … ;-) Ständig flirtet er mit mir. Aber jetzt zu Dir, mein Lieber!

Ja, das Wiedersehen mit Dir hat mir auch Spaß gemacht.

Und wenn Du irgendwann den Mut zu einer Revanche hast – nur zu! Ich bin bereit, Dich wieder in Grund und Boden zu spielen.

Lass bald mal wieder von Dir hören, Alice

Mit einem Klick war die Mail unterwegs nach London.

So, dann lass dir das mal schön auf deiner geilen Zunge zergehen, dachte Alice befriedigt, legte sich ins Bett und – lag wach.

Immer wieder gingen ihr die Bilder von ihrer wunderbaren Nacht mit Sam MacAllan durch den Kopf. Nur um im nächsten Moment von Horrorvorstellungen abgelöst zu werden: Sie sah vor ihrem geistigen Auge, wie er gleichzeitig von zwei scharfen Blondinen, die beide die blauen Glupschaugen ihrer Kollegin Susan hatten, verwöhnt wurde. Er bestieg eine nach der anderen und lachte mit ihnen laut über diese naive Deutsche in Berlin, die vermutlich noch an die wahre Liebe glaubte.

Wütend wälzte Alice sich die halbe Nacht schlaflos hin und her.

8. KAPITEL

Nachdem sie in den nächsten Tagen durch die Arbeit an dem Limo-Auftrag genügend von ihren düsteren Visionen abgelenkt war, freute sich Alice auf ein nettes Wochenende. Melanie war zu einer Gartenparty im schnieken Zehlendorf eingeladen und hatte versprochen, sie mitzunehmen. Alice hatte sich vorgenommen, ihren Plan, Sam und seine beiden Betthäschen auszustechen, ab sofort in die Tat umzusetzen, und machte sich bereit für die Jagd.

Sie stylte sich edel aber sexy, zog einen weißen, locker um die Hüften schwingenden Minirock mit einem breiten, knallroten Lackgürtel und eine ziemlich durchsichtige rote Bluse zu passenden Peeptoes an. Es war ein warmer Sommerabend, und die Luft duftete verführerisch nach Blüten, als sie die Villa mit dem imposanten Säulenportal erreichten. Zu Kugeln gestutzte Buchsbäume säumten die Auffahrt, als das Taxi sie dort absetzte. Alice war beeindruckt.

„Was kennst du denn für reiche Leute?", fragte sie Melanie staunend.

„Ach, das sind irgendwelche alten Bekannten der Eltern von Tom. Ich hab die nur zwei, drei Mal auf Familienfesten gesehen. Die sind zwar stinkreich, aber eigentlich ganz locker – zumindest der Alte. Haben ihre Millionen mit Fleischwurst gemacht, aber die Hausherrin benimmt sich, als wären sie von uraltem Adel", erklärte Melanie lachend. „Zum Glück ist das aber die Party ihres Sohnes Maximilian. Der hat gerade sein Staatsexamen gemacht, und das soll heute gefeiert werden. Hoffentlich gibt's einen coolen DJ und kein Salonorchester."

„Wo ist Tom eigentlich?", fragte Alice.

„Der kommt gemeinsam mit seinen Eltern. Vielleicht ist er schon da. Mal sehen."

An der Haustür wurden sie von einem Kellner in Livree begrüßt, der ihnen Champagner reichte und den Weg durch die Eingangshalle Richtung Garten wies. Als sie auf die Terrasse hinaustraten, erblickten sie ein paar Hundert festlich gekleidete Menschen, die in einer parkähnlichen Gartenanlage an ihren Getränken nippten und sich prächtig zu unterhalten schienen.

„Sagenhaft! Wie im Film", platzte Alice heraus, als sich jemand neben ihr räusperte. Als sie sich umdrehte, stand sie einem recht betagten Paar gegenüber. Die Frau mit dem wagenradgroßen, weißen Hut und dem Chanel-Kostüm lächelte säuerlich.

„Gefällt es Ihnen bei uns?"

Peinlich berührt verstummte Alice, während Melanie das Wort ergriff:

„Guten Abend gnädige Frau. Vielen Dank für die Einladung. Alice, dies sind unsere Gastgeber. Herr und Frau Jenkins. Darf ich vorstellen? Meine Freundin Alice. Sie arbeitet in einer bekannten Werbeagentur in Charlottenburg."

Die Dame des Hauses reichte Alice huldvoll die Hand.

„Oh, Werbung … Wie interessant …" Die Art, wie sie gestelzt sprach, und der durchdringende Blick verunsicherten Alice. „Guten Abend, Fräulein Melanie. Und … äh, Fräulein Alice … Wir hoffen, Sie amüsieren sich gut."

„Ja, sicher. Ganz bestimmt", beeilte Alice sich zu erwidern. „Sie haben es ja irre schön hier, Frau Jenkins. Das Haus und der riesige Garten sind echt ein Kracher!"

Die Gastgeberin rümpfte unmerklich die spitze Nase über die vulgären Worte, mit denen Alice Villa und Park lobte, nickte den beiden Frauen kurz zu und wandte sich zum Gehen.

„Richard? Kommst du?"

Doch ihr Mann reagierte nicht auf den Befehl, sondern lächelte Melanie und Alice charmant an, bevor er sich zu einem angedeuteten Handkuss verbeugte. Während er Alice Hand einen Moment länger als nötig festhielt, strahlte er sie an.

„Herzlich willkommen, meine Damen. Durch Sie wird unser bescheidenes Zuhause erst richtig schön."

Alice musste grinsen, als sie bemerkte, wie sein Blick dabei tiefer glitt und fasziniert an ihren Brüsten, die durch den dünnen Stoff der Bluse hervorschimmerten, hängenblieb. Er seufzte leise auf, als er sich wieder aufrichtete, hielt Alices Hand aber weiter fest und sagte: „Es wäre mir ein großes Vergnügen, wenn Sie mir später die Ehre eines Tanzes schenken würden."

Er hatte sichtlich Mühe, seinen Blick nicht sofort wieder auf ihren Busen sinken zu lassen.

„Aber gerne, Herr Jenkins", antwortete Alice lächelnd.

„Richard!", erklang erneut die ungehaltene Stimme seiner Gattin. „Da drüben sind Herr und Frau Wilken. Kommst du, bitte?!"

„Ja, gleich, Edith", murmelte er. „Meine Damen … Wir sehen uns später beim Tanz."

Mit leichtem Bedauern ließ er endlich Alice' Hand los, nickte ihr und ihrer Freundin verschwörerisch zu und folgte seiner Frau.

„Na, den hast du ja mächtig beeindruckt", amüsierte sich Melanie.

„Oh, danke! Der ist doch mindestens siebzig!"

„Dreiundsiebzig, um genau zu sein. Allerdings gut zehn Millionen schwer! Und das alles mit Fleischwurst … Aber jetzt lass uns mal lieber nach den etwas jüngeren Semestern hier Ausschau halten." Sie sah sich um und entdeckte ihren Freund in der Menge. „Da ist Tom! Er unterhält sich gerade mit Maximilian Jenkins – dem Sohn. Los komm, dem stelle ich dich ihm vor."

Sie zog Alice, die Mühe hatte, mit ihren spitzen Absätzen nicht im Grün stecken zu bleiben, mit sich über den gepflegten Rasen.

„Hallo, mein Schatz!", rief Melanie, als sie sich den beiden Männern näherten. Alice begrüßte Tom flüchtig mit einem Wangenküsschen. Die Vorstellung des Sohns des Hauses war zum Glück weniger förmlich als die seiner Eltern.

„Ich bin Max", sagte er schlicht und lächelte Alice freundlich an. Sie reichte ihm die Hand.

„Und ich bin Alice. Herzlichen Glückwunsch zum bestandenen Examen!"

„Danke. Ich bin froh, dass ich das hinter mir hab. Jetzt kann ich endlich wieder feiern! Mädels, darf ich euch noch ein Glas Champagner organisieren? Heute geht hier niemand nüchtern nach Hause!", verkündete Max aufgekratzt, während er einem der Kellner ein Zeichen zum Nachschenken gab.

Alice betrachtete ihn währenddessen eingehend. Er hatte schulterlange Haare, die ihm ständig ins Gesicht fielen, und freche, grüngesprenkelte Augen. Seinen ansehnlichen Körper hatte er zur Feier des Tages in einen dunklen Anzug gesteckt, aber man merkte ihm an, dass er sich mit Krawatte und Jackett nicht wirklich wohl fühlte.

Hübsches Kerlchen, ging es ihr durch den Kopf. Und den Charme hat er eindeutig von seinem Vater.

Doch bevor sie sich eingehender mit Jenkins Junior beschäftigen konnte, war er umringt von anderen Gästen. Er und Alice warfen sich zwischen den vielen Köpfen noch ein paar intensive Blicke zu, aber dann wurde auch sie von Bekannten von Melanie und Tom in ein Gespräch verwickelt.

Inzwischen war es dunkel geworden und der Park wurde dekorativ mit Fackeln und Feuerschalen beleuchtet. Der DJ legte endlich coole Discomusik auf, und Alice wippte spontan im Takt mit. Sie hatte lange genug herumgestanden und Small Talk gemacht. Jetzt wollte sie tanzen. Sie nickte Melanie kurz zu und verschwand in Richtung Tanzfläche. Dort, unter den von bunten, zuckenden Lichtstrahlen illuminierten Bäumen, tanzte sie sich, durch die sich zumeist zu zweit im Discofox drehenden Paare, langsam in die Mitte vor, schloss die Augen und gab sich dem Rhythmus hin. Als sie die Hüften kreisen ließ, spürte sie, wie sich ihr Minirock geschmeidig mitbewegte. Ihr war bewusst, welche Wirkung das auf die Männer hier haben musste.

Nach einer Weile öffnete sie die Lider und stellte fest, dass sich inzwischen einige Einzeltänzer, die ihre im Takt hüpfenden Brüste begutachteten, um sie gescharrt hatten. Sie genoss ihre hungrigen Blicke.

Im Augenwinkel entdeckte sie Maximilian Jenkins in der Menge, der ihr bewundernd zulächelte. Zielstrebig tanzte sie näher zu ihm. Sein Blick wanderte über ihren wippenden Busen, die kreisenden Hüften. Fragend sah er sie an. Alice lächelte ihn aufmunternd an und drehte ihm tanzend den Rücken zu. Sie spürte ein Prickeln im Nacken und wusste, dass er jetzt direkt hinter ihr war.

Es war voll und heiß zwischen all den zuckenden Leibern, Arme und Schultern berührten sich. Plötzlich spürte Alice eine Hand, die wie zufällig über ihren Hintern strich. Wie elektrisiert verharrte ihre Hüfte einen Moment lang in derselben Position und ließ die Hand auf ihrem Po gewähren. Doch beim nächsten Takt entzog sie sich mit einer gekonnten Hüftdrehung der leichten Berührung. Sie begann, ihr Becken kreisen zu lassen – und da war sie wieder, die Hand. Diesmal weniger zögerlich.

So dicht gedrängt, wie es auf der Tanzfläche war, bemerkte niemand, was sich abspielte. Sie spürte, wie er seinen Körper enger an die schob und sein Becken an ihr rieb. Der Rhythmus der beiden Tanzenden glich sich einander an, und Alice drängte sich ihm im stampfenden Takt der Musik entgegen. Seine Hände legten sich auf ihre Hüften und verstärkten ihre Bewegungen. Er presste sie an sich, wodurch ihr kurzer Rock langsam höher rutschte und sie direkt an ihrem Po deutlich sein Begehren spürte.

Hoffentlich ist das auch tatsächlich Max, fuhr es ihr durch den Kopf. Aber irgendwie war ihr das auch gleich, so geil, wie sie inzwischen war. Sie spürte, wie ihr winziger Stringtanga feucht wurde.

Der Mann hinter ihr ließ seine Hand langsam über ihren nackten Hintern gleiten. Er streichelte die Rundung und suchte den Weg zwischen ihre Schenkel. Seine Finger begannen, im Takt der Musik zwischen ihren Beinen hin und her zu reiben. Alice legte genießerisch den Kopf in den Nacken und stöhnte leise auf. Der Laut wurde von den dröhnenden Bässen übertönt.

Dann wurde sie von ihm ohne Eile zum Rand der Tanzfläche gedrängt. Im Rhythmus der Musik bewegten sie und ihr Tanzpartner sich Stück für Stück aus der Menge heraus, hinein in den dunklen Park. Alice ließ sich bereitwillig führen und drehte sich nicht um. Sie wollte das aufregende Spiel nur zu gerne weitertreiben.

Seine kräftigen Hände schoben sie an den Hüften zwischen den hohen Bäumen, die sich schwarz gegen den nächtlichen Himmel abhoben, tiefer in die Dunkelheit. Sie entfernten sich vom Lichtschein der Fackeln bis zu einer mächtigen Eiche. Alice hielt die Spannung kaum noch aus. Sie wollte endlich mehr. Und sie hoffte, dass er weiterhin bestimmen würde, was sie zu tun hatte.

Er schien das zu spüren. Wortlos griff er nach ihren Armen, drückte sie gegen den Baum und umfasste von hinten gierig ihre Brüste. Er knetete sie durch die Bluse, bevor er unter den Stoff griff und ihre Haut berührte. Als er ihre harten Nippel rieb, stöhnte Alice lustvoll auf, doch sofort legte sich eine Hand auf ihren Mund. Sie verstummte, stützte sich am Baum ab und reckte sich ihm entgegen. Sie war geil und konnte es kaum abwarten.

Mit hartem Griff schob er seine Hand unter ihren Rock und begann, sie durch ihr nasses Höschen zwischen den Schenkeln zu reiben. Sie unterdrückte den Lustschrei und stöhnte leise auf.

Während er sie mit seinen Fingern massierte, öffnete er mit der anderen Hand seine Hose, zerrte den störenden String zur Seite und machte sich den Weg frei. Alice spürte, wie seine Schwanzspitze gemächlich ihre Schamlippen berührte und quälend lange vor dem feuchten Eingang verharrte. Voller Begierde drängte sie sich ihm entgegen, doch er zögerte den befreienden Stoß hinaus. Alice hielt es nicht länger aus und flehte ihn an:

„Tu's doch …"

Sie hörte sein leises, kehliges Lachen dicht an ihrem Ohr.

„Du willst es also wirklich?", flüsterte er.

„Ja …", stöhnte sie.

„Sag mir genau, was du willst …", forderte er, während er seinen Schwanz ganz langsam zwischen ihren Beinen hin und her gleiten ließ.

„Dich … Deinen Schwanz … In mir … Nimm mich …"

„Sag ‚Bitte' …"

„Bitte!", wimmerte sie. „Bitte fick mich …!"

Sie schnappte nach Luft, als sein steifer Schwanz mit einem einzigen Stoß in sie eindrang, und drückte den Mund auf ihren Arm, um nicht loszuschreien. Alice hörte ihn hinter sich keuchen. Er umklammerte ihre Hüften und stieß immer wieder kraftvoll zu.

Alice spürte die kühle, raue Rinde unter ihren Fingern, als er ihren Oberkörper nach unten drückte, damit er noch tiefer in sie eindringen konnte. Dabei griff er nach ihren Brüsten und massierte sie. Ihr unterdrücktes Stöhnen dröhnte in ihrem Kopf.

Sie wusste, dass es nicht mehr lange dauerte, bis sie kommen würde. Unter seinen anhaltend harten Stößen entlud sich plötzlich ihre Lust mit einem leisen Aufschrei, und sie spürte, wie er seinen Saft in ihren Unterleib schoss. Noch ganz benommen merkte sie, dass er seinen pulsierenden Schwanz abrupt aus ihr herauszog.

„Warte … Noch nicht …", stammelte sie verwirrt und versuchte, sich umdrehen, doch seine kräftigen Hände bedeuteten ihr, in gebeugter Haltung am Baum stehen zu bleiben. Leise keuchend murmelte er in ihr Ohr:

„Willst du noch mehr?"

„Oh, ja! Ich will mehr davon. Bitte …", flüsterte sie heiser zurück.

„Dann lass dich überraschen …", wisperte er, löste seine Hände zögernd von ihren Brüsten und trat einen Schritt zurück – nur um einen Wimpernschlag später wieder zwischen ihre Beine zu greifen. Genau wie beim ersten Mal rieben die Finger ihre feuchte Scham, während er zwischen ihren Beinen seinen steifen Schwanz in Stellung brachte.

Ihr Becken zuckte voll freudiger Erwartung. Schneller als beim ersten Mal, kam der erlösende Stoß – und dann noch einer und noch einer. Wieder und wieder tauchte er tief in sie ein. Und irgendwie fühlte er sich jetzt noch größer an. Alice genoss das Gefühl, völlig von ihm ausgefüllt zu werden. Es dauerte nicht lange, bis sie stöhnend kam. Aber er ließ nicht nach. Lustvoll keuchend stieß er seinen mächtigen Schwanz in sie hinein. Erst nachdem sie ein erneuter Orgasmus überwältigt hatte, stöhnte auch er leise auf und kam in ihr.

Sein Oberkörper schmiegte sich an ihren Rücken, während seine Hände zärtlich ihre Brüste streichelten, bevor er sie langsam freigab und sich gemächlich aus ihr zurückzog. Alice löste ihre verkrampften Hände von der Eiche. Mit zittrigen Fingern zog sie ihre Bluse über den Busen und griff zwischen die Beine, um ihr Höschen zurechtzurücken. Dann drehte sie sich befriedigt lächelnd zu Max um – und stand zwei Männern gegenüber.

Beide strahlten sie leicht verunsichert, aber äußerst befriedigt und erwartungsvoll an. Und beide waren Max.

Völlig verwirrt blickte sie von einem zum anderen.

„Das gibt's doch nicht …!", stieß sie aus. „Wer von euch ist denn jetzt Max?"

„Ist das wichtig?", fragte der linke Max verschmitzt zurück.

„Wir sind eineiige Zwillinge", erklärte der andere stolz.

„Ja, aber … Wie …? Ich meine … Beide?!" Alice begriff langsam.

„Das wollten wir schon immer mal probieren. Bist du jetzt sauer?", fragte der eine Max mit einem entschuldigenden Lächeln.

Alice erwog einen Moment lang, die beiden gehörig zusammenzustauchen, doch dann wurde ihr klar, dass sie gerade ausgesprochen befriedigenden Sex mit ihnen und, dank der brüderlichen Kooperation, mehr Orgasmen gehabt hatte, als es nur mit einem von ihnen möglich gewesen wäre. Sie war eindeutig als Siegerin aus dem pikanten Arrangement hervorgegangen.

Außerdem hatte es ihr gefallen, dass zumindest Max 1 einen Hauch von Dominanz an den Tag gelegt hatte. Allerdings war sein Verhalten nicht halb so streng gewesen, wie sie es sich eigentlich erhofft hatte. Doch sie wollte nicht undankbar sein – für eine unverhoffte Nummer bei einer Gartenparty war sie absolut auf ihre Kosten gekommen.

Dennoch wollte sie die Situation noch ein wenig auskosten und die Zwillinge zappeln lassen. Mit gespielter Wut fuhr sie die beiden an: „Wie könnt ihr es wagen?!"

„Ja, aber …?", kam es geschockt, wie aus einem Munde.

„Hat's dir nicht gefallen? Du wolltest doch mehr, oder?", stammelte der eine Max verlegen.

„Und dann waren da diese besondere Stimmung und die einmalige Gelegenheit … Da konnten wir nicht widerstehen. Verstehst du?", versuchte der andere sie zu beschwichtigen.

Dieser Charmeoffensive konnte Alice nicht länger Widerstand leisten. Lächelnd antwortete sie: „Doch, doch. Und es war wirklich sehr geil mit euch beiden. Aber eins muss ich leider trotzdem noch sagen …"

Beide starrten sie erwartungsvoll an.

„Ihr mögt zwar auf den ersten Blick völlig identisch aussehen, aber einer von euch ist größer."

Die Zwillinge blickten sich abschätzend an.

„Aber wir sind beide 1,86 Meter groß."

Alice grinste triumphierend, als sie auf ihre Hosenschlitze deutete.

„Das mag sein, aber da unten unterscheidet ihr euch."

„Echt?! Wer von uns ist größer?"

Beide starrten Alice ungläubig an. Die wandte ihnen schmunzelnd den Rücken zu und tänzelte beschwingt zurück zur Party. Über die Schulter schenkte sie ihnen ein letztes Lächeln.

„Tja, Max, das wird wohl mein süßes Geheimnis bleiben."

9. KAPITEL

„Das glaube ich jetzt nicht! Alice hatte auf einer Gartenparty was mit zwei Typen!“

Fassungslos saß Sam mit seinem Smartphone im Haus seiner englischen Freundinnen June und Cathy auf dem Sofa und starrte auf die Mail, die gerade aus Berlin gekommen war. June schaute ihm interessiert über die Schulter.

„Hab ich das richtig verstanden? Deine deutsche Geliebte hat es mit zwei Männern gleichzeitig getrieben?“

„Na ja, sie hat zwar nur Andeutungen gemacht, also dass sie vor Kurzem auf einer Millionärs-Party war und dort nachts im Park sehr viel Spaß mit den beiden attraktiven Zwillingssöhnen des Hauses hatte. Ich hätte dafür sicher Verständnis, mit meinen beiden Freundinnen, und dass ich euch ‚ganz herzlich‘ von ihr grüßen soll … Also, so wie ich Alice kenne, meint sie mit ‚sehr viel Spaß‘ garantiert Sex!“

„Oh, Darling, dann solltest du das aber unbedingt kontern“, antwortete June gelassen. Sam sah sie entgeistert an.

„Kontern? Was meinst du denn damit?“

„Na, das ist doch ganz klar. Du musst ihr von deinem aufregenden Liebesleben erzählen und ihr so klar machen, dass du ein begehrenswerter Mann bist!“

In diesem Moment erschien Cathy nackt und mit nassen Haaren im Wohnzimmer. Sie hatte nur den letzten Satz ihrer Freundin gehört. Theatralisch rief sie:

„Sam, oh, Sam, natürlich bist du der begehrenswerteste Mann von ganz London, ach, was sag ich – von ganz England! Also, jedenfalls, soweit ich das beurteilen kann.“

Lachend schlang sie sich ihr Handtuch zum Turban um den Kopf.

„Würdest du dir bitte einen Bademantel überziehen, wenn wir Besuch haben?", sagte June streng, doch Cathy kicherte immer noch.

„Aber das ist doch bloß Sam – begehrenswert, aber eben nur ein Mann."

Entschuldigend drehte June sich zu Sam um.

„Sorry, du kennst sie ja … Sie ist eben meine kleine, versaute Braut. Völlig ohne Schamgefühl – aber gerade das liebe ich ja so an ihr …" Dabei ging sie auf Cathy zu, umarmte ihren nackten Körper und gab ihr einen langen Kuss. „So, mein Schatz, jetzt haben wir alle deine hübschen Titten gesehen. Nun zeig uns beim Abgang noch dein geiles Ärschlein und dann ab – anziehen!"

Sie gab ihr einen spielerischen Klaps auf den Po und schickte die lachende Cathy aus dem Zimmer.

Sam sah June mit melancholischem Blick an und seufzte: „Ach, ihr zwei seid ein Traumpaar! Dass ihr nach acht Jahren Beziehung immer noch so verliebt seid. Beneidenswert! Das würde ich mir auch wünschen."

Er starrte nachdenklich vor sich hin.

„Bei uns hat's schließlich auch eine Weile gedauert, bis wir uns unsere Liebe gestanden haben", versuchte June ihn zu trösten. „Anfangs haben wir uns monatelang wie zwei Raubkatzen umkreist, belauert und – gegenseitig eifersüchtig gemacht! Und genauso wirst auch du deine Alice rumkriegen. Vertrau mir! Wenn hier eine die Frauen versteht, dann bin das ja wohl ich."

Zufrieden grinste sie ihn an, aber Sam blieb skeptisch.

„Ich bin mir nicht sicher, ob das bei Alice auch so funktioniert. Sie hat sich zwar in Berlin beim Sex durchaus von mir führen lassen, aber gleichzeitig ist sie auch sehr eigensinnig. Ich kann nach dem kurzen Date einfach nicht beurteilen, ob sie tatsächlich zu einer härteren Gangart bereit ist. Aber genau die ist mir langfristig beim Sex wichtig. Das wünsche ich mir von ihr. In den Mails vermittelt sie mir derzeit ein völlig anderes Bild als das, was ich bisher von ihr hatte."

„Aber das spielt sie doch bloß!", widersprach June heftig. „Nachdem, was du erzählt hast, ist sie eine Frau, die weiß, was sie will, aber auch eine, die sich in bestimmten Momenten nach dem Gegenteil sehnt. Gerade starke Frauen träumen oft davon, im Bett von einem richtigen Kerl dominiert zu werden. Einem, der weiß, was er will und seinen Willen durchsetzt, und so einer bist du doch – zumindest solange du dich nicht in Grübelei und Liebesleid hineinsteigerst", grinste sie.

„Ja, vielleicht hast du recht, und ich mache mir unnötig Gedanken."

„Klar! Das läuft alles nur deshalb aus dem Ruder, weil sie deine letzte Mail in den falschen Hals gekriegt hat. Sie denkt wahrscheinlich, du würdest es hier in London gleich mit zwei Frauen treiben. So, wie du mir Alice beschrieben hast, hat sie sich dafür gerächt und mit zwei neuen Lovern gekontert."

„Dann sollte ich das dringend richtigstellen! Ich fliege morgen mal kurz nach Berlin."

„Auf keinen Fall! Wer weiß, ob ihre wilde Geschichte mit den zwei Kerlen im Park überhaupt stimmt? Wenn du jetzt einknickst, könnte ihr Interesse augenblicklich erlöschen", warnte sie. „Alice ist eine Frau, die sich ein Ziel gesetzt hat. Und das Ziel bist du! Sie will mehr von dir. Also scheinst du ihr nicht egal zu sein. Sie glaubt, gegen harte Konkurrenz, um dich kämpfen zu müssen. Wenn du ihr jetzt die Wahrheit verrätst, verlässt sie ihr Jagdeifer."

„Meinst du?"

Sam sah sie immer noch zweifelnd an.

„Natürlich! Wenn sie nur ein One-Night-Revival mit dir gewollt hätte, hätte sie nicht diese Mail geschickt. Die Frau will mehr von dir. Aber nur, wenn du für sie keine leichte Beute bist. Sie liebt den Kitzel der Jagd – und ist dabei am Ende selbst die Beute, die gern von dir erlegt werden möchte. Also, kurz gesagt", fuhr sie fort, „alles, was sie leicht haben kann, interessiert sie nicht. Sie sucht die Herausforderung. Und die soll sie haben …"

June hatte sich in Rage geredet, als Cathy angezogen das Zimmer betrat.

„Ist es Recht so?"

„Na, bitte. Auch in Klamotten finde ich dich unwiderstehlich, mein Schatz", lobte June, nahm ihre Frau in den Arm und küsste sie.

Sam sah ihnen frustriert zu.

„Wenn all das stimmt, was du sagst, June, dann muss ich das Spielchen auf die Spitze treiben …"

Cathy, die bisher nur einen Bruchteil der Geschichte mitbekommen hatte, wurde von June umgehend auf den aktuellen Stand der Dinge gebracht. Sie war sofort Feuer und Flamme für die Idee, Alice eifersüchtig zu machen und ihr damit vor Augen zu führen, was für ein begehrenswerter Mann Sam war.

„Lasst uns scharfe Nacktfotos von uns drei knipsen. Um dir zu helfen, überwinde ich mich sogar und tue so, als würde ich dir einen blasen, Sam!"

Aufgekratzt machte sie die passende Handbewegung vor ihrem geöffneten Mund und lachte Sam verzückt an.

„Jetzt aber mal langsam Mädels", bremste er ihren Elan. „Ich schätze eure Hilfsbereitschaft wirklich, aber wir wissen ja noch nicht mal, ob Alice wirklich Sex mit den Zwillingen hatte. Vielleicht interpretiere ich ihre Mail ja falsch. Und dann mache ich alles kaputt mit so einem Foto. Nein, das müssen wir dezenter anfangen.“

June und Cathy sahen sich an und nickten zustimmend.

„Also dann, gehen wir das Projekt ‚Alice im Liebesland‘ strategisch an“, meinte June und legte ihm zärtlich die Hand auf die Schulter.

„Das schaffen wir, Sam!“, ergänzte Cathy zuversichtlich. „Jetzt hast du so lange auf die Frau deiner Träume gewartet, da werden wir es doch wohl schaffen, dass ihr endlich ein Paar werdet!“

„Genau! Wozu bin ich schließlich hoch bezahlter Drehbuchautor? Da werde ich doch wohl mein hübsches Opfer per Mail dazu bringen können, sich mir mit Haut und Haaren hinzugeben“, murmelte er mehr zu sich selbst. Bei der Vorstellung, was er dann alles mit Alice anstellen würde, blitzten die Goldsprenkel in seinen dunklen Augen begehrlich auf. Die nötigen Regieanweisungen hatte er bereits im Kopf.

10. KAPITEL

Na, das scheint er ja recht locker weggesteckt zu haben, dass ich es mit zwei Kerlen im Park getrieben hab, grübelte Alice enttäuscht, als sie Sams Antwort las. Entweder hab ich mich nicht deutlich genug ausgedrückt, oder es ist ihm tatsächlich egal ... Verflucht!

Seine lässige Retourkutsche hatte ihre Wirkung nicht verfehlt. Sam hatte sie zu ihrer vergnüglichen Party beglückwünscht und von einem ‚amüsanten Abend‘ mit seinen Freundinnen June und Cathy berichtet. Besonders irritiert war Alice von dem kurzen Passus über die nackte Cathy, die von Sam mit einem kräftigen Klaps auf den Po zum Anziehen geschickt worden war.

Warum spielte er mit denen solche Spielchen und nicht mit ihr? Na, warte! Sie würde es ihm schon zeigen! Spätestens nach dem nächsten oder übernächsten Kerl würde er schon kapieren, was für eine scharfe Frau da in Berlin frei herumlief.

Am Abend brütete sie noch immer darüber nach, wo sie auf die Schnelle einen passenden Mann herkriegen sollte, mit dem sie Sam eifersüchtig machen und gleichzeitig unverfänglichen Sex haben konnte. Akribisch blätterte sie ihr altes Adressbuch durch.

Ach, der Martin war ja auch ein Süßer ... Aber irgendwie auch ein bisschen langweilig, ständig nur Kuschel-Sex. Und Micky? Verheiratet, drei Kinder! Vielleicht Silvio? Der Italiener, der so gut kochen konnte ... Allein deshalb inzwischen sicher auch schon vom Markt. Frustriert überlegte sie weiter, ging im Kopf ein paar ihrer früheren Affären durch. Da war doch dieser geile Schweizer. Wie hieß der noch ...? Urs! Genau. Urs war nie der Typ fürs Heiraten. Der schätzte seine Freiheit und war ganz schön ausdauernd, wenn ich mich recht erinnere …

Alice griff nach dem Telefon und tippte die Handy-Nummer ein. Nach dem vierten Läuten meldete sich eine tiefe, leicht verschlafene Stimme:

„Ja?“

„Hallo Urs, bist du das? Hier ist Alice.“

„Alice? Welche Alice?“

Sie erkannte seine markante Stimme mit dem Schweizer Dialekt.

„Na, die Texterin aus Berlin. Wir hatten da mal ein spannendes Meeting“, antwortete sie mit laszivem Unterton.

„Oh, die Alice!“ Er klang plötzlich hellwach. „Haben wir nicht die Kampagne für das Kaufhaus zusammen gemacht? Grüezi, wie geht's dir?“

Urs war Fotograf und hatte mit ihr eine Fotoshooting-Nacht in einem Möbelhaus verbracht. Gegen frühen Morgen waren sie gemeinsam in einem der ausgestellten Betten gelandet und hatten sich davon überzeugt, dass das Inventar dem hohen Qualitätsstandard entsprach, den Alice in ihrem Text anpreisen sollte.

„Ja, genau die Alice“, antwortete sie gut gelaunt. „Ich dachte, ich melde mich mal, weil ich in meiner neuen Agentur gerade an der Kampagne für ein Designer-Sofa arbeite. Da musste ich an dich denken und dachte, du könntest vielleicht die Fotos dafür machen?“

„Und für so einen kleinen Auftrag rufst du mich mitten in der Nacht an?“, fragte Urs mit einem Grinsen in der Stimme.

„Soweit ich mich erinnere, hast du nachts die besten Ideen“, antwortete Alice ebenso amüsiert. „Wo bist du denn gerade?“

„In einem Hotelzimmer in Marbella. Hab hier ein paar Models geshootet. Ganz nett, aber wenn ich da so an deine Kurven denke … Was treibst du denn so? Langeweile?“

„Nein, nein, ich hab einfach mal probiert, ob deine Nummer noch stimmt.“

„Oh ja, die alte Nummer ist immer noch erreichbar für dich!“, flirtete er weiter. „Ich bin übermorgen wieder in Berlin. Dann könntest du mir ja persönlich alle Details zum Sofa und so erklären. Was meinst du?“

Seine Stimme klang erwartungsvoll. Alice lächelte in sich hinein und antwortete: „Das klingt vielversprechend. Wann und wo wollen wir uns treffen?“

„Komm doch zu mir. Ich wohne in dem Loft in Kreuzberg. Die Adresse hast du?“

„Ja, das ist doch dieselbe wie dein Studio, oder?“

„Genau. Ich besorg uns ein paar Antipasti und Rotwein. Dann denkt es sich besser … Um acht?“

Sie verabschiedeten sich, und Alice legte zufrieden auf. Übermorgen würde sie neues Material sammeln, um Sam eifersüchtig zu machen!

11. KAPITEL

Der Lastenaufzug hielt im vierten Stock. Alice klopfte an die schwere Brandschutztür, an der ein Schild mit dem Namen des Fotostudios klebte: „SHOOT YOU!“

Als Urs öffnete, war er barfuß, trug ein offenes schwarzes Hemd über braun gebranntem Oberkörper und seine langen Locken fielen ihm bis über die Schultern. Der Kerl sah zum Anbeißen aus, beinahe selbst wie ein Model. Er begrüßte sie mit einem strahlenden Lächeln und zwei Wangenküsschen.

„Komm doch rein! Wie schön, dich mal wiederzusehen. Ich glaub, du warst noch nie hier, oder?“

„Nein, wir haben uns ja bisher lieber in Möbelhäusern aufgehalten“, lächelte sie und trat ein.

Es war heiß an diesem Abend, und Alice trug ein kurzes Kleid mit tiefem Ausschnitt, das sexy an ihr wirkte. Ihre Absätze klackerten über den dunklen Holzboden.

Fasziniert sah sie sich in dem großen Raum um. Es gab keine Wände, sondern nur ein paar weiße Metallsäulen, die das riesige Loft in einzelne Bereiche unterteilten.

„Wow, nicht schlecht, deine Hütte!“, stieß sie begeistert aus.

„Ja, für mich ist es ideal. Wohnen und arbeiten in einem Raum. Dahinten ist das Studio, aber nun setz dich erst mal in meine Lounge-Ecke. Ich hol uns was zu trinken.“

Alice ließ sich auf der ausladenden Kissenlandschaft mitten im Loft nieder. Sie beobachtete Urs, wie er zu der hypermodernen Edelstahl-Küchenzeile ging und eine Flasche aus dem Weinschrank nahm. Mit dem Brunello und zwei Gläsern ließ er sich neben ihr nieder. Er schenkte ein und reichte ihr ein Glas.

„Auf unser Wiedersehen!“

Der tiefrote Wein breitete sich samtig im Mund aus – ein köstlicher, schwerer Tropfen. Alice ahnte, dass er ihr schnell zu Kopf steigen würde. Und das war ihr ganz recht. Sie nahm noch einen tiefen Schluck, streckte ihre nackten Beine aus und sah Urs über den Glasrand an. Er lehnte sich zu ihr zurück und legte seinen Arm lässig in ihren Nacken. Sie spürte, wie sich schon bei der minimalen Berührung ihre Härchen wie elektrisiert aufstellten. Dann sagte er beiläufig: „Und was wolltest du jetzt wegen dieser Designer-Couch genau mit mir besprechen?"

„Oh … ähm, ja, das Sofa … Das ist so ein rotes Edel-Teil …" Sie wandte ihm ihr Gesicht zu und lächelte ihn an. „Eigentlich bin ich gar nicht wegen des Sofas hier."

Seine Hand griff fester in ihren Nacken und zog sie ein Stückchen näher an sich heran.

„Ach … Da bin ich aber überrascht", sagte er leise in seinem charmanten Dialekt und lächelte sie wissend an. „An welchem Projekt möchtest du denn mit mir arbeiten?"

„Nun …"

Bevor Alice zu weiteren Erklärungen ansetzen konnte, drückte er sie zurück in die weichen Kissen und küsste sie. Sie öffnete ihre Lippen und legte die Arme um seinen Hals.

Seine Hand glitt geschmeidig zu ihrem Busen, und seine Fingernägel kratzten auf dem dünnen Stoff über den Brustwarzen. Umgehend stellten sich ihre Nippel auf, und sie seufzte wohlig, während ihre Zunge weiter mit seiner spielte. Die um seinen Nacken geschlungenen Arme ließen seinen Händen alle Freiheiten. Er umfasste ihre Brust und knetete sie. Dann zwängte er seine Finger in ihr Kleid und berührte die nackte Haut darunter. Ungeduldig zerrte er an dem dehnbaren Stoff und legte mit einem gekonnten Griff ihre rechte Brust frei. Fasziniert starrte er auf den rosigen Nippel, der sich ihm entgegenreckte.

„Oh, wie lecker“, murmelte er und nahm ihn in den Mund.

Alice stöhnte erregt auf und spürte, wie es zwischen ihren Beinen heiß wurde. Sie konnte es kaum erwarten, dass er sie ohne weitere Umschweife jetzt sofort nahm, und zog ihr Kleid ein Stückchen höher, sodass er schneller an ihr Höschen kommen konnte.

Während seine Zähne an ihren Brustwarzen knabberten, riss er ihr entschlossen den Slip herunter. Alice half ihm dabei, seine Jeans herunterzuziehen. Er nahm sich nicht die Zeit, die Hose ganz auszuziehen, sondern spreizte ihre Beine, schob seinen muskulösen Körper dazwischen und lenkte seinen steifen Schwanz direkt an sein Ziel. Er richtete den Oberkörper auf, zwinkerte ihr frech zu und drang ohne Zögern in sie ein.

Alice stöhnte laut auf und warf den Kopf in den Nacken, als er anfing, sich in ihr vor- und zurückzuschieben. Urs stieß hart zu. Wieder und wieder. Sein harter Phallus war das einzige Körperteil, mit dem er sie berührte.

Alice wand sich unter ihm, aufgespießt von seinem Schwanz. Sie drückte sich mit den Füßen ab und presste ihm ihr Becken entgegen. Eine wohlige Welle lief durch ihren Bauch, als sie plötzlich kam. Sie schrie auf und schien Urs damit anzuspornen, sein Stoßtempo noch weiter zu erhöhen. Er hatte noch längst nicht genug. Keuchend stieß er immer wieder in sie hinein.

Aber plötzlich zog er sich unvermittelt aus ihr zurück, richtete sich mit einer geschmeidigen Bewegung auf, streifte seine Jeans ab und stellte sich breitbeinig, mit steil aufgerichtetem Schwanz, vor sie hin. Alice war verwirrt, was er jetzt von ihr erwartete und sah ihn fragend von unten an. Er grinste sie an.

„Hier ist die Vorspeise!“

Alice verstand und ließ sich auf die Knie gleiten.

„Oh, bitte, füttere mich!", murmelte sie unterwürfig, öffnete bereitwillig den Mund und beugte sich seinem Phallus entgegen. Er umfasste ihren Kopf mit beiden Händen und ließ sich gemächlich in sie gleiten. Sie umschloss ihn mit ihren Lippen und saugte ihn tiefer in sich hinein. Er stöhnte wohlig auf, zog sich wieder ein Stückchen zurück und stieß dann kräftiger zu. Alice genoss seine unerbittlichen Hände in ihrem Nacken.

Wieder und wieder stieß er zu, und irgendwann schmeckte sie seinen salzigen Saft auf ihrer Zunge, bevor er sich mit einem wohligen Stöhnen aus ihrem Mund zurückzog.

Er trat einen Schritt zurück und stand vor ihr. Er grinste, strich sich liebevoll über seinen immer noch harten Schwanz und sah sie zufrieden an.

„Nach diesem ‚Amuse bouche' zur Begrüßung gibt's die versprochenen Antipasti. Und ich hoffe, du hast danach noch Appetit auf den Hauptgang!"

Alice gefielen seine Potenz und die nachdrückliche Art, mit der er die Richtung vorgab. Sie lächelte ihn zustimmend an.

„Na, klar! Ich hab Appetit auf was Scharfes … Bisher bin ich mit deiner Menü-Folge absolut einverstanden!"

„Dann mach's dir doch ein bisschen bequemer zum Essen", forderte er sie auf und ließ dabei keinen Zweifel, wie er das meinte.

Sie streifte das Kleid über den Kopf und bemerkte seinen kritischen Blick.

„Irgendetwas nicht in Ordnung?"

Doch Urs reagierte nicht, sondern schien völlig in Gedanken versunken zu sein. Er betrachtete ihren Körper eingehend. „Gefalle ich dir nicht?" Unsicher blickte sie zu ihm hinüber.

„Was? Nein! Ganz im Gegenteil!“, stieß er hervor. Jetzt war er wieder ganz da. Mit der angerichteten Antipasti-Platte, Ciabatta-Brot und zwei Servietten kam er lächelnd auf sie zu. „Lass es dir schmecken!“

„Wieso hast du mich eben so komisch angestarrt?“

Sein rätselhafter Blick auf ihren nackten Körper ließ ihr keine Ruhe.

Er strich ihr zärtlich über die Brust und gab ihr einen Kuss. Dann sah er ihr direkt in die Augen und sagte nachdrücklich: „Ich will dich fotografieren.“

„Mich? Wozu?“ Alice war irritiert. „Du hast doch dauernd die tollsten Frauen vor der Linse. Was willst du denn mit einem Bild von mir?“

„Das möchte ich nur für mich haben. Du hast einen wunderschönen Körper. So echt – nicht wie die dürren Model-Ziegen, die ich sonst so ablichte. Komm schon, lass mich ein paar Fotos von dir machen!“

Er sah sie beschwörend an, und Alice fühlte sich geschmeichelt, dass ein so berühmter Fotograf Bilder von ihr machen wollte.

„Na gut, wenn du unbedingt willst … Aber wirklich nur für den Hausgebrauch. Versprochen?“

Er grinste sie an und gab ihr einen lustvollen Kuss. „Versprochen!“

„Aber erst wird gegessen!“, sagte Alice lachend. „Ich bin ja schließlich kein magersüchtiges Frettchen, das den ganzen Tag nur an einem Apfel knabbern darf! Meine Kurven kommen von echter Nahrung. Mmmhhh, lecker – eingelegte Auberginen!“

Damit griff sie mit den Fingern nach den italienischen Vorspeisen und ließ sich Rotwein nachschenken.

Während des Essens hatte er kaum die Hände von ihr lassen können. Immer wieder hatte er sie geküsst, ihre Brüste gestreichelt und abwechselnd an den scharfen, gefüllten Peperoni und ihren Brustwarzen genuckelt. Alice wurde immer erregter und spürte, wie sie langsam wieder feucht wurde.

Die Vorfreude, gepaart mit ein wenig Beklommenheit, im Hinblick auf die bevorstehenden Fotoaufnahmen, steigerte ihre Lust. Endlich nahm er den letzten Bissen, leckte sich genießerisch jeden Finger einzeln ab und fragte: „Bist du bereit für eine heiße Session?"

Sie nickte nur, stand auf und stellte sich auffordernd direkt vor ihn hin. Er starrte sie von unten an und küsste sie zwischen ihren Schenkeln. Seine Zunge leckte sie an ihrer empfindsamsten Stelle, während er zu ihr hochblickte. Alice stöhnte wohlig auf. Sein Schwanz, der während des Essens auf Normalmaß geschrumpft war, richtete sich wieder auf. Urs erhob sich, und ohne sie anzufassen, schob er ihn langsam zwischen ihre leicht gespreizten Schenkel. Alice keuchte auf, als er sie endlich umarmte und an seine Brust presste. Ihre Nippel wurden hart an seinen behaarten Oberkörper gedrückt. Schließlich schob er sie ein Stückchen von sich weg, nahm ihre Hand und führte sie Richtung Studio.

Er warf ein paar Kissen auf den Boden. „Setz dich. Ich muss noch das Licht einrichten."

Alice ließ sich unsicher auf den Polstern nieder und beobachtete ihn dabei, wie er die Scheinwerfer einschaltete und an den richtigen Stellen ausrichtete. Dann nahm er seine Kamera.

„Ich mach erst mal ein paar Polas, um zu sehen, ob alles perfekt ist", erklärte er. Die Scheinwerfer leuchteten grell auf und piepsten, als er das erste Polaroid schoss. „Beweg dich ein bisschen, damit ich unterschiedliche Positionen austesten kann.“

Alice streckte ihre Beine aus, legte einen Arm hinter den Kopf und blickte mit einem Schmollmund in die Kamera.

„So?“, fragte sie lächelnd.

„Ja, genau. Jetzt hock dich mal auf die Knie und zeig mit ausgestreckten Armen auf mich. Nicht ganz so eng, ich will deine Brüste sehen. Ja, super. Das gefällt mir.“ Er nahm die Kamera vom Auge und zog das letzte belichtete Polaroid heraus. „Einen Moment noch, dann kann's losgehen.“

Kritisch betrachtete er die entwickelten Papierbilder, justierte die Scheinwerfer nach und stöpselte das Blitzkabel in seine Kamera.

„Jetzt wird's ernst. Zeig mal, was du drauf hast. Guck direkt ins Objektiv und agier mit der Kamera. Ja, genauso! Klasse! Du bist ein Naturtalent!“

Begeistert drückte Urs den Auslöser, während Alice sich langsam mit ihrer neuen Rolle als Nacktmodel anfreundete. Sie spürte, dass das erotische Spiel mit der Kamera sie anmachte.

Immer mutiger rekelte sie sich auf den Kissen, strich sich mit der Hand durch die langen Haare, steckte lüstern einen Finger in den Mund und streichelte ihren Busen. Dabei ließ sie die Kamera nicht aus den Augen, konnte aber nicht umhin, zwischendurch einen Blick auf den steifen Schwanz darunter zu werfen. Urs schien das, was er durch sein Objektiv erblickte, sehr zu gefallen.

Wieder und wieder blitzten die Scheinwerfer auf, wenn er abdrückte. Alice überließ sich ganz dem sinnlichen Duett mit dem Fotografen. Den lüsternen Blick brauchte sie nicht zu spielen – sie fühlte, wie sie immer erregter wurde. Es gefiel ihr, dabei beobachtet zu werden, wie sie ihren nackten Körper liebkoste.

Ihre Finger wanderten über den Bauch, während sie sich auf dem Rücken aalte. Urs kam immer näher und fotografierte sie von oben. Als sie ihre Hand zwischen die Schenkel schob, stand Urs breitbeinig direkt über ihrem, in den Nacken gebogenen, Kopf. Sie sah seinen Schwanz über ihrem Gesicht zucken. Alice stellte sich vor, es wäre sein Phallus, der sich zwischen ihre Schamlippen drängte.

Sie stöhnte und schloss die Augen, als sie ihre Finger tief in sich hineinschob. Mit einer Hand knetete sie ihre Brüste, während sie mit der anderen in sich eindrang. Sie drückte ihr Becken hoch, rieb und stieß mit ihren Händen, bis sie den erlösenden Orgasmus in sich aufsteigen fühlte. Mit einem wollüstigen Schrei riss sie die Augen auf – und sah direkt vor sich das Objektiv. Es blitzte grell auf, als Urs diesen Moment höchster Ekstase mit seiner Kamera einfing.

„Ja, Baby! Das ist es! Du bist so geil!", rief er begeistert.

Bevor sie sich erschöpft auf den Boden sinken ließ, nahm sie undeutlich wahr, dass er zu ihren Füßen kniete, seine Kamera genau zwischen ihren weit gespreizten Beinen platzierte und wieder und wieder auf den Auslöser drückte. Es war ihr in diesem Moment völlig egal, was er durch sein Objektiv erblickte. Befriedigt zog sie ihre Finger langsam aus sich heraus.

Doch gerade, als sie sich entspannen wollte, spürte sie, wie sein steifer Schwanz den frei gewordenen Platz zwischen ihren Schenkeln einnahm. Augenblicklich war ihre Erschöpfung wie weggeblasen. Und schon stieß er zu. Das herrliche Gefühl, von ihm erneut genommen zu werden, ließ sie sogleich wieder munter werden. Er griff hinter sie und schob ein dickes Kissen unter ihr Becken. Stöhnend versenkte er seinen Schwanz in ihr. Seine eine Hand umklammerte ihre Hüfte, während er ununterbrochen zustieß.

Plötzlich zuckten die Blitze erneut in schneller Folge. Alice blickte an sich herunter und sah, wie er mit der rechten Hand fotografierte – genau zwischen ihren Beinen. Er schoss ein Bild nach dem anderen von seinem Schwanz, wie er in sie eindrang. In diesem Moment überrollte sie eine neue Woge der Lust und ließ alles andere unwichtig erscheinen. Seufzend lehnte sie ihren Kopf zurück. Sie genoss das wohlige Ziehen in ihrem Unterleib und seine anhaltenden Stöße.

Dann brüllte er: „Shoot you!", stöhnte laut auf und ergoss sich in ihr. Ein Zucken durchlief seinen Körper, bevor er erschöpft über ihr zusammensackte. Alice kraulte seinen verschwitzten Rücken, küsste seine pochende Schläfe und flüsterte ihm ins Ohr:

„Ach, so bist du auf den Namen für dein Studio gekommen. Sehr passend, mein äußerst treffsicherer Wilhelm Tell …"

„Na, war ich gut? Bist du zufrieden mit mir?", fragte er schwer atmend.

Wieso fragt er das denn?, dachte sie enttäuscht. Wo sind denn seine Selbstsicherheit und die Dominanz plötzlich hin? Fehlt nur noch, dass er jetzt mit mir kuscheln will. Aber irgendwas Lobendes muss ich wohl sagen.

„Du bist nicht nur ein harter Stecher, sondern auch ein sehr ausdauernder. Diese Art von Schweizer Gemächlichkeit lasse ich mir sehr gerne gefallen …", antwortete sie träge.

Urs grinste stolz und antwortete in tiefstem Schweizer Dialekt: „Du bist aber auch so ein scharfes Bettmümpferli mit so einem geilen Füdli, mein Büsi, da lohnt es sich, das mit meinem Schnäbli in aller eidgenössischen Gründlichkeit anzugehen. Und jetzt lass uns noch ein bisschen schmichälä!"

Alice verstand, dass „schmichäla" keine ausgefallene Sexpraktik, sondern tatsächlich einfach nur „Kuscheln" bedeutete. Doch dazu brauchte sie nun wirklich keinen standfesten Schweizer. Also reduzierte sie die Streicheleinheiten auf ein Minimum und verschwand alsbald im Bad.

12. KAPITEL

Lieber Sam,
im Anhang findest Du ein Foto, das ein sehr guter Freund von mir
– bekannter Schweizer Fotograf – vor ein paar Tagen geschossen hat.
Wir hatten sehr viel Spaß bei der Foto-Session, und die Ergebnisse
können sich sehen lassen.
Natürlich nur für den privaten Gebrauch … ;-)
Aber ich denke, Du wirst das künstlerisch-wertvolle Bild zu schätzen
wissen und Dich bei der Betrachtung vielleicht an eine heiße Nacht
in Berlin erinnern.
Hoffe, Dir und Deinen zwei Ladys geht es auch gut.
Bis bald mal wieder, Alice

So, mein Lieber, damit du weißt, was du verpasst, dachte sie triumphierend und schickte die E-Mail ab. Deine beiden Tussen bieten dir bestimmt nicht solche Bilder, aufgenommen von einem Star-Fotografen!

In der künstlerisch-wertvollen Nacht mit Urs hatten sie später noch gemeinsam die Ergebnisse ihres Shootings an seinem Computer begutachtet. Da war er wieder ganz in seinem Element und stolz auf seine Fotos. Alice war fasziniert von den Bildern, die sie in erotischen, verspielten Posen zeigten. Ganz im Gegensatz zu ihm war sie allerdings weniger begeistert von den folgenden Detailaufnahmen. Es war zwar spannend, sich selbst aus einer völlig neuen Perspektive zu sehen, aber ein bisschen peinlich waren ihr die Bilder, die sie feucht und seinen eindringenden Schwanz in allen Phasen zeigten, dann doch.

Urs musste ihr hoch und heilig versprechen, dass er von diesen intimen Fotos nur eine einzige Kopie ganz fest in seinem privaten Giftschrank verschließen und diese ausschließlich für seine persönlichen Memory-Zwecke hervorholen würde. Bevor er die kompromittierenden Bilder vor ihren Augen von der Festplatte löschte, brannte er ihr noch ein paar von den weniger expliziten, die sie mit nach Hause nahm.

Eins davon, das sie mit auffordernd ausgestreckten Armen und nacktem Busen zeigte, hatte Alice gerade nach London gemailt. Sie hoffte, dass der scharfe Schuss seine Wirkung nicht verfehlen würde.

Erst zwei Tage später antwortete Sam, dass ihm das Foto von ihr sehr gefallen habe. Dann bedankte er sich für die Anregung – er wolle demnächst auch eine Foto-Session mit seinen Freundinnen in England machen. Und vielleicht könne er ja irgendwann auch mal, mit Alice als Model, ein erotisches Shooting machen. Sie sei ein echtes Naturtalent.

Wütend saß Alice zu Hause und grübelte über seine Antwort nach.

Wie kann der Kerl nur so cool reagieren? Das gibt's doch gar nicht. Jeder normale Mann würde doch ausflippen, mir augenblicklich den Laufpass geben oder sich in den nächsten Flieger nach Berlin setzen. Also entweder bin ich ihm völlig egal, dann würde er allerdings nicht immer noch eine Schippe drauflegen, sondern einfach gar nicht mehr antworten. Oder er will mich absichtlich ins Leere laufen lassen und mich eifersüchtig machen. Aber warum? Weil er mich liebt, sich aber nicht traut, mir das zu sagen … Träum weiter, Alice. Das ist nun leider die unwahrscheinlichste Möglichkeit … Wenn man tatsächlich ernste Absichten hat, dann sagt man das doch einfach!

Okay, ich sag ihm ja auch nicht, dass ich eigentlich nur noch mit ihm ins Bett gehen und nur noch mit ihm zusammen sein würde. Aber das ist ja auch was völlig anderes! Schließlich hat er da in London zwei

Freundinnen, während ich Single bin! Ich kann ja schließlich nicht einfach nur hier rumsitzen und warten und hoffen, dass der Herr von selbst seine beiden Miezen für mich sausen lässt. Dazu ist das Leben zu kurz – und die Möglichkeiten, die es bietet, sind zu verlockend … Ach, irgendwann wird sich meine Taktik schon auszahlen. Und bis dahin werd ich weiterhin das Angenehme mit dem Nützlichen verbinden!

Gut gelaunt saß sie am nächsten Tag im Büro. Nicht mal Susans nervige Plapperei konnte sie aus der Ruhe bringen. Sie hatte die Kampagne für die englische Brauerei fast fertig und freute sich darauf, ihre Ideen am späten Nachmittag ihrem Chef zu präsentieren.

Kurz bevor sie zu ihm ging, überprüfte sie im Waschraum kritisch ihr Äußeres. Wegen der sommerlichen Hitze waren ihre langen Haare zu einem Pferdeschwanz hochgebunden und gaben damit den Blick auf ihren Nacken frei. Sie trug ein Top mit Spaghettiträgern, dazu Shorts. Ihre lässigen Sneakers komplettierten das Bild einer sportlichen Frau voller Energie und Tatendrang. Genauso wollte sie Leo heute gegenübertreten und ihm ihr trendiges Marketing-Konzept für das Mixgetränk präsentieren. Kämpferisch reckte sie ihrem Spiegelbild die Faust entgegen und verließ grinsend das Bad.

„Da bin ich!", rief sie fröhlich, als sie sein Büro betrat.

„Hallo Alice! Na, das ist ja ein dynamischer Auftritt! Wenn deine Kampagne nur halb so viel Power hat wie du, dann haben wir den Auftrag schon so gut wie in der Tasche", begrüßte er sie anerkennend und lotste sie mit einer einladenden Geste in die Sitzecke. „Auf meiner neuen Couch sitzt man doch viel bequemer."

„Oh, das ist ja eins der schicken Designer-Sofas!"

„Ja, toll, was? Hat mir die Firma zum Einkaufspreis überlassen. Ich dachte, so was Knallrotes peppt mein Büro ein bisschen auf", antwortete er stolz.

„Scharfes Teil. Ist das ein Lederbezug?"

Alice begutachtete das Sofa, während durch ihren Kopf wieder die erotische Fantasie mit Chef und Mixgetränk auf eben diesem Möbelstück schoss.

„Ja, ganz weiches Wildleder – aber pflegeleicht und abwaschbar … Setz dich mal drauf. Möchtest du was trinken, bevor wir anfangen?"

„Ja, gern ein Wasser …"

Leo griff zwei Fläschchen und stellte sie auf den niedrigen Holztisch. Dann setzte er sich direkt neben sie, lächelte sie auffordernd an und sagte: „Na, dann zeig mir mal, was du zu bieten hast …!"

Alice spürte, wie sich ihre Brustwarzen bei dieser Kombination aus erotischer Fantasie und seiner zweideutigen Bemerkung verhärteten, und konnte nichts dagegen tun. Nervös griff sie nach ihren Unterlagen und schlug die Mappe auf ihrem Schoß auf.

„Also hier hab ich ein paar Schlagworte zusammengestellt …", begann sie zu erklären.

Leo rückte noch ein Stückchen näher und beugte sich über das Schriftstück. Alice bemerkte, dass sein Blick dabei ihre Brüste fixierte. Ihre Stimme vibrierte leicht, als sie fortfuhr: „Ja, also, wie gesagt, das sind die Schlagworte, und hier ist die Marktanalyse …" Mit fahrigen Bewegungen blätterte sie die Seiten um.

„Du bist ganz schön aufgeregt, was …?", murmelte Leo und ließ seinen Blick bedeutungsvoll zwischen ihren Augen und ihrem Busen hin und her wandern. Wie zufällig legte er dabei seine Hand beruhigend auf ihr nacktes Knie. „Musst du nicht sein. Ich bin mir sicher, dass du deine Qualitäten genau kennst und für deinen Job alles gibst. Hab ich recht?"

Süffisant lächelnd schob er seine Finger ein Stückchen weiter unter den Aktenordner auf ihre Oberschenkel.

Alice bekam ausnahmsweise kein Wort raus. Die Situation machte sie an, ließ aber gleichzeitig sämtliche Alarmglocken läuten. In Sekundenbruchteilen raste ein Gedanken-Kaleidoskop durch ihr Gehirn.

Never in the office – fang niemals was in deiner Firma an und schon gar nicht mit deinem Chef! Das ist ungeschriebenes Gesetz! Allerdings ist Leo ein ausgesprochen attraktiver Chef. Und dann riecht er heute auch wieder so gut …

Genießerisch sog sie seinen Duft ein.

Wenn die Kollegen was mitkriegen, wird garantiert gelästert, dass ich die großen Aufträge nur bekomme, weil ich was mit Leo hab, schoss es ihr durch den Kopf. Andererseits gefällt es mir, wenn er mich so angiert. Und außerdem … Wer könnte dominanter sein als mein Boss? Das ist es doch, was ich mir wünsche …

Seine Stimme direkt an ihrem Ohr, riss sie aus ihren verworrenen Gedanken.

„Du bist eine Top-Werbetexterin, Alice, aber darüber hinaus bist du auch eine sehr attraktive Frau. Verstehst du? Ich will nichts, was du nicht selber willst. Wenn du jetzt Nein sagst, werd ich trotzdem deine Kampagne bei den Engländern durchboxen, und alles bleibt wie gehabt. Aber wenn ich mich nicht täusche, bin auch ich dir nicht ganz egal …“

Vielsagend ließ er seinen Blick wieder auf ihre steil aufgerichteten Brustwarzen wandern, die eine deutliche Sprache sprachen. Als sie nicht widersprach, wanderte seine Hand zwischen ihre Schenkel und begann, an ihren Shorts zu reiben.

„Komm schon, du willst es doch auch“, flüsterte er fordernd in ihr Ohr und küsste sie auf den Hals.

Als sie seine Finger spürte, hatte Alice sich endgültig entschieden.

„Ja … Oh, das fühlt sich gut an. Mach weiter, Leo! Bitte …"

Sie schob den Aktenordner zur Seite, ließ sich gegen die Lehne sinken und öffnete automatisch ihre Beine. Sofort griff er fester zu und massierte sie, bis er die Feuchtigkeit durch das Höschen spüren konnte.

Alice stöhnte auf, als er sie gierig an sich drückte und leidenschaftlich küsste. Er nestelte fieberhaft am Reißverschluss ihrer Shorts, riss ihn endlich auf und ließ seine Hand ohne Umschweife hineingleiten. Alice glühte zwischen ihren Schenkeln und wand sich unter seinem Griff. Sie stöhnte laut auf, als sie seine Finger in sich spürte, doch er erstickte den Laut mit Küssen.

Leos Finger stießen weiter auf und ab. Er drehte sie auf dem breiten Sofa auf den Rücken und kniete sich zwischen ihre geöffneten Schenkel.

Alice kam in ihrer Geilheit kurz zu sich und sah ihn fragend an:

„Was ist eigentlich, wenn hier jetzt jemand reinplatzt?"

„Ach, was. Ich hab meiner Sekretärin gesagt, dass ich eine sehr wichtige Besprechung habe und unter absolut gar keinen Umständen gestört werden darf. Sie hält sich an so was. Wir müssen nur ein bisschen leise sein, das ist alles. Mach dir keine Sorgen, sondern mach dich lieber frei!"

Entschlossen zog er ihr die Shorts samt Slip von den Beinen und ließ sie achtlos auf den Boden fallen. Dann schob er ihr Top hoch und umfasste ihre Brüste.

„Ich hab mich immer schon gefragt, wie deine süßen Titten wohl ohne Klamotten aussehen. Und wie sie schmecken …"

Damit umschloss sein Mund ihre Brustwarze und saugte genießerisch daran. Dann nahm er sich die andere ebenso enthusiastisch vor. Alice genoss seine neckende Zunge an ihrem Busen und griff sich zwischen die Beine. Mit einer Hand rieb sie sich und machte sich gleichzeitig daran, Leo von seiner Hose zu befreien. Mit geschickten Fingern öffnete sie den Gürtel und knöpfte die Jeans auf. Ungeduldig zog er sich das lästige Kleidungsstück gerade weit genug herunter, dass sein inzwischen steifer Schwanz heraus schnellen konnte.

„Hier bin ich der Chef. Und ich zeige dir, wo es langgeht", murmelte er, während sein Mund ihre Brust wieder begierig umschloss.

Ein wohliges Ziehen in ihrem Bauch war die Folge seiner unmissverständlichen Ansage.

„Sehr wohl. Meine Tür steht Ihnen immer offen, Boss!", flüsterte sie ihm ins Ohr und spreizte die Beine noch ein Stückchen weiter. Leo schien ihre Reaktion zu gefallen. Zielstrebig dirigierte er seinen Schwanz zwischen ihre feuchten Schamlippen. Dort verharrte er einen Moment, sah ihr in die Augen und flüsterte heiser: „So, meine willige, geile Untergebene, jetzt werde ich dich mal ein bisschen befördern. Bist du bereit, einen neuen Weg in deiner beruflichen Laufbahn einzuschlagen?"

Alice ließ sich nur zu gerne auf seine dominante Macho-Attitüde ein und flüsterte: „Ja, mein starker, harter Boss, unter Ihnen arbeite ich am liebsten! Ich hoffe, dass Sie mit meiner Leistung zufrieden sein werden."

Er grinste und stieß zu. Alice biss sich auf die Hand, um nicht laut aufzustöhnen. Sie schloss die Augen und überließ sich seinen harten Stößen. Er keuchte, über sie gebeugt, während er immer schneller zustieß. Unvermittelt zog er seinen Schwanz aus ihr heraus, packte ihre Hüften und dirigierte ihr Becken an die Kante der Couch.

Dann stellte er sich direkt vor sie, umschloss ihren Hintern fest mit seinen Händen und hob ihn an, sodass er stehend wieder in sie eindringen konnte. Alice genoss es, dass er die Richtung so fest vorgab. Sie lag sicher in seinen kräftigen Händen und hatte das Gefühl zu schweben, als er seinen Schwanz in sie stieß. Er schob sie vor und zurück, und sie spürte, wie er sich tief und immer tiefer in sie versenkte. Sie genoss das erregende Gefühl, ihm ausgeliefert zu sein. Ihre Hände krallten sich in das weiche Wildleder, und sie stöhnte auf, als ein neuer Orgasmus sie überwältigte.

Schließlich stieß er noch einmal kräftig zu und zog sich abrupt aus ihr zurück. Fasziniert sah sie, wie er gleich darauf stöhnend auf ihrem Bauch abspritzte. Er drängte seine Lenden an ihr Becken und blickte auf seinen zuckenden Phallus, der auf ihrer Scham lag und direkt auf ihr Gesicht zeigte. Alice verrieb seinen warmen Saft genüsslich auf ihrer Haut. Dann griffen ihre Finger nach seinem Schwanz und streichelten ihn zärtlich. Leo lächelte wohlwollend auf sie hinab.

„Wir wollen doch kein Schwangerschaftsrisiko im Büro eingehen."

„Aber ich nehme die Pille!"

„Sicher ist sicher. Ich schätze deine Arbeit nämlich sehr. Fast so sehr wie die geile Nummer, die wir hier gerade geschoben haben. Du bist wirklich vielseitig einsetzbar, das weiß ich als Chef zu schätzen!"

Er zog die Jeans hoch, steckte sein Hemd in die Hose und war innerhalb von Sekunden wieder vollständig angezogen, während Alice noch immer splitternackt auf dem Sofa lag. Dankbar nahm sie die Serviette, die er ihr reichte, und wischte ihren Bauch trocken. Ein dünner, klebriger Film blieb prickelnd an ihrer Haut haften.

„Und was ist jetzt mit meinem Konzept für die Kampagne? Interessiert dich das eigentlich auch?", fragte sie schließlich zögernd.

„Aber klar! Wo waren wir? Ach ja, die Marktanalyse!"

„Dann hast du mir ja vorhin doch zugehört. Ich hatte das Gefühl, dass mein Busen dich ziemlich ablenken würde …"

„Und das tut er immer noch", sagte er, setzte sich wieder neben sie und küsste ihre Brustwarze.

„Dann sollte ich mich jetzt wohl besser anziehen."

„Oh, nein, bleib so, und lass mir den Anblick deines geilen Körpers noch eine Weile. Ich verspreche, dir trotzdem aufmerksam zuzuhören und dich nur ab und zu unsittlich zu berühren, während du sprichst."

„Natürlich. Du bist schließlich der Chef hier", stimmte sie ihm lächelnd zu. „Wenn du befiehlst, dass ich nackt arbeiten soll, dann werde ich das natürlich gerne tun – zumal an einem so heißen Tag."

„Dann mach's dir doch bequem bei der Arbeit."

Er drückte sie zurück aufs Sofa und reichte ihr den Aktenordner. Folgsam nahm sie ihre Unterlagen und versuchte, sich auf Zahlen und Fakten zu konzentrieren, während Leo ihre Beine spreizte, unaufhörlich die Innenseiten ihrer feuchten Schenkel streichelte und ab und an seine Finger in ihr versenkte.

Alice genoss es, ihm so völlig preisgegeben zu sein und hoffte, dass er beim nächsten Mal noch viel weiter gehen würde. Vielleicht war Leo ja tatsächlich der dominante Partner, der ihr beim Sex das geben konnte, wovon sie schon so lange träumte.

Auch wenn er leider nicht so groß und sexy ist wie Sam …

Der Gedanke ließ sie schuldbewusst zusammenzucken. Aber Sam hatte außer ihr ja noch zwei andere Frauen, rechtfertigte sie das Spiel mit ihrem Boss und gab sich wohlig dessen geschickten Fingern hin.

13. KAPITEL

„Bist du wahnsinnig?", fuhr Melanie sie an. „Mit deinem Chef? Und dann noch in seinem Büro? Ist der nicht verheiratet? Wie abgeschmackt ist das denn? Das hätte ich nicht mal dir zugetraut!"

Sie sah Alice entrüstet an und stellte ihr Weinglas etwas zu hart auf den Tisch.

Bis vor ein paar Minuten hatten die beiden Freundinnen noch entspannt zu Hause gesessen. Doch dann berichtete Alice ausführlich von ihrem Büro-Abenteuer, und jetzt war Melanie stinksauer.

„Na ja, Leo ist aber auch ein sehr scharfer Chef. Es hat sich eben einfach so ergeben", versuchte Alice sich zu rechtfertigen. „Es war verdammt heiß an dem Tag, und ich war euphorisch, dass ich so ein tolles Konzept erarbeitet hatte. Und dann war da auch noch dieses schicke Sofa … Da konnte ich nicht Nein sagen, als er mich so direkt angemacht hat. Und dieser zusätzliche Kitzel, dass jeden Moment die Tür aufgehen könnte und jemand uns in flagranti erwischt hätte. Das hat mich erst richtig scharfgemacht."

„Du bist irre – und viel zu leicht rumzukriegen."

„Sieh es doch mal andersrum. Es fällt mir einfach sehr leicht, die Männer, die ich haben will, dazu zukriegen, genau das zu tun, was ich will." Sie dachte kurz nach. „Bis auf den Einzigen, den ich wirklich will. Der hat mir zwar auch sexuell nicht widerstehen können, aber dann ist er nach London, zurück zu seinen blöden Blondinen, abgezischt. Und jetzt weiß ich nicht, was ich noch anstellen soll, um ihn endlich ganz zu kriegen. Also, so mit Liebe und Beziehung und allem. Verdammt, ich bin verzweifelt!", stieß sie pathetisch aus.

Melanie sah ihre beste Freundin entgeistert an.

„Du bist echt schräg drauf. Und wie kommst du eigentlich darauf, dass es die richtige Strategie ist, mit einem Mann nach dem anderen zu schlafen und dabei zu hoffen, dass Sam davon so begeistert ist, dass er seine Londoner Ladys verlässt und sich auf ein eheähnliches Abenteuer mit dir einlässt? Für mich klingt das nicht besonders logisch."

„Doch, doch, das ist weibliche Logik", antwortete Alice gelassen. „Sein Jagdinstinkt muss geweckt werden! Ist doch ganz klar – Männer haben sich seit den Neandertalern nicht wirklich gravierend weiterentwickelt. Jedenfalls nicht auf dem Gebiet der Sexualität. Für die sind nur die scharfen Weibchen interessant, um die sich auch die anderen Kerle schlagen. Sam soll sich in seiner Fantasie ausmalen, dass gerade wieder ein anderer Mann die begehrenswerte Beute fängt, die er eigentlich für sich haben will. Irgendwann kann er gar nicht anders, als mich zu jagen und endlich zur Strecke zu bringen. Das ist der Plan. Und der ist perfekt. So!"

Sie bekräftigte ihr Plädoyer mit einem heftigen Nicken.

Melanie starrte sie weiter skeptisch an.

„Und das glaubst du wirklich?"

„Ja, klar!"

„Und, funktioniert es?", fragte sie zweifelnd.

„Na jaaaa, noch nicht so richtig …", antwortete Alice gedehnt. „Ich verstehe das ja auch nicht …"

„Wieso? Wie reagiert er denn?"

Alice dachte nach.

„Irgendwie … weiblich."

„Was soll das denn jetzt wieder heißen? Ist er vielleicht schwul?"

„Nein! Natürlich nicht! Er hat schließlich gleich zwei Damen am Start und nicht zu vergessen – mich!"

„Was meinst du denn dann?" Melanie hatte langsam die Nase voll von den kryptischen Erklärungsversuchen ihrer Freundin.

„Also, er reagiert genauso, wie ich reagieren würde, also mit weiblicher Logik. Irgendwie hat er den Spieß umgedreht und schlägt mich mit meinen eigenen Waffen. Das ist doch nicht fair!", regte sich Alice auf.

„Tja, da hast du dir ja einen schwierigen Vertreter der Gattung Mann ausgesucht. Der ist scheinbar wirklich ein anderes Kaliber als die leichte Beute, die du im Moment rudelweise erlegst. Eine echte Herausforderung! Meinst du, du bist Sam gewachsen?"

Melanie blickte Alice kritisch an, doch die war überzeugt von ihrer genialen Strategie.

„Na, hör mal! So schnell geb' ich nicht auf. Ich will Sam, und den krieg ich auch. Und wenn ich bis dahin noch ein Dutzend Kerle zur Strecke bringen muss! Am Ende geht er mir in die Falle. Und er wird dabei das Gefühl haben, dass sein begehrenswerter Fang ihm dank seiner Taktik ins Netz gegangen ist. Lass mich nur machen. Ich weiß, dass das funktioniert! Es muss einfach!"

Alice strahlte sie siegessicher an, doch Melanie klang nicht überzeugt, als sie versöhnlich antwortete:

„Wenn du meinst … Ich drücke dir jedenfalls die Daumen und hoffe, dass dieser eine Mann den ganzen Aufwand wert ist."

Alice kicherte.

„Ich denke schon. Und im Moment hab ich sehr viel Spaß mit dem ‚Aufwand', den ich da treibe. Der Weg ist das Ziel. Und auf diesem Weg bekomme ich zurzeit eine ganze Menge Befriedigung. So viel geilen, abwechslungsreichen Sex hatte ich seit Ewigkeiten nicht mehr. Ich ärgere mich nur über das verschenkte Jahr mit dem langweiligen Arzt. Aber das hole ich jetzt alles nach!

Und dann kann ich mich irgendwann rundum befriedigt in Sams Arme schmiegen und nur noch mit ihm den großartigsten Sex der Welt bis ans Ende meiner Tage genießen! Ich glaube nämlich, dass er auf genau die gleichen harten Spielchen steht wie ich. Auch wenn wir das bisher noch nicht so detailliert ausprobiert haben. Immerhin hatte er beim letzten Mal ein Paar Handschellen dabei …“

„So wie du das sagst, klingt das wirklich verlockend. Aber die Nummer mit deinem Chef geht nun wirklich zu weit! Wie ist das denn jetzt so, wenn ihr euch im Büro über den Weg lauft?“

„Ach, ganz locker. Wir sehen uns ja auch gar nicht jeden Tag und wenn, dann tauschen wir mal einen wissenden Blick aus oder eine heimliche Berührung an pikanter Stelle. Alles sehr prickelnd und spielerisch. Er nimmt das Ganze zum Glück auch locker. Da brauchst du dir wirklich keine Sorgen zu machen“, sagte Alice und grinste übermütig. „Läuft alles super. Und die englischen Getränkehersteller sind wohl ganz angetan von meinen Ideen und wollen mit Leo bald persönlich die Details der Kampagne besprechen. Alles bestens.“

Zufrieden lehnte sie sich auf ihrem Sofa zurück und prostete Melanie zu. Die stieß mit ihr an und schien endlich versöhnt.

„Du bist scheinbar wirklich nicht aufzuhalten. Aber ich muss jetzt mal langsam los.“

„Ach, schon?“

„Ja, auf mich wartet zu Hause ein etwas langweiliger, aber treuer Tom. Und ich glaube, nach dem Wein und unserem Gespräch bin ich so angeregt, dass der Gute heute Nacht wenig Schlaf kriegen wird“, lachte sie.

Nachdem Melanie gegangen war, schrieb Alice noch eine Mail an Sam, in der sie ihm von ihrem tollen Chef vorschwärmte, und hoffte, dass sie auch ihn damit um den Schlaf brachte oder zumindest zum Träumen anregte – natürlich von ihr …

Dann ging sie ins Bett und hatte einen Albtraum von Sam und einem flotten Dreier mit seinen willigen Blondinen.

14. KAPITEL

„So, mir reicht's! Ich ruf Alice jetzt sofort an und sag ihr, dass sie damit aufhören soll, mit einem Mann nach dem anderen ‚viel Spaß' zu haben, und dass ich sie liebe und nur noch für mich alleine haben will!"

Wutschnaubend lief Sam in seinem Wohnzimmer im Kreis. June und Cathy sahen sich an, verdrehten die Augen und leierten im Chor:

„Ja, Sam, sicher, Sam."

June fuhr mit affektierter Oxford-Oberlehrerinnen-Stimme fort:

„Mach ruhig alles kaputt, was wir zu dritt mühsam aufgebaut haben. Gib dir ruhig die entscheidende Blöße und zeig ihr, dass du nur eines von ihren vielen Abenteuern sein möchtest. Gute Idee … Hattest du das nicht schon letzte Woche vor, als sie dir dieses heiße Foto gemailt hat?"

Er betrachtete die beiden Frauen, die einträchtig nebeneinander auf seinem Sofa saßen und ihn angrinsten. Dann blaffte er sie an:

„Ja, hätte ich es bloß schon letzte Woche gemacht, dann hätte sie jetzt nicht auch noch ein Techtelmechtel mit ihrem Chef angefangen. Ich krieg die Krise!"

Er lief weiter ziellos auf und ab und raufte sich wütend die Haare, während er überlegte, wie er dieser verfahrenen Situation ein schnelles Ende bereiten könnte.

Schließlich stand June auf und sah ihn ernst an.

„Wieso glaubst du eigentlich, dass sie nicht trotz deines Liebesgeständnisses etwas mit ihrem Boss angefangen hätte? Vielleicht hätte sie genauso reagiert, wie ich es dir sage. Sie hätte dich für einen Schlappschwanz gehalten und dir endgültig den Laufpass gegeben."

„Na, hör mal", brauste er auf. „Du solltest mich wirklich besser kennen, June! Ich reagiere extrem ungehalten, wenn ich meinen Willen nicht kriege. Es macht mich wahnsinnig, wenn ich mir vorstelle, dass Alice mit einem Haufen Männer rummacht, die es ihr alle gleichzeitig besorgen", knurrte er.

Jetzt schaltete sich Cathy ein: „Keep cool, Sam! Du musst nur noch ein bisschen durchhalten, und dann wirst du diese Frau am Ende in deine Arme schließen. Ich weiß, wovon ich spreche. Aber du musst abwarten, bis sie reumütig zu dir kommt. Sie muss quasi auf Knien rutschen und dich anflehen, ihr Herr und Meister zu sein. Sie muss dich wollen. Es nützt nichts, wenn du ihr jetzt eingestehst, dass du sie liebst und gar kein Verhältnis mit zwei anderen Frauen hast, sondern Single bist und deine Jugendliebe nicht aus dem Kopf bekommst. Das würde total nach hinten losgehen. Glaub mir, sie muss den ersten Schritt tun."

Sam hasste es, die Dinge nicht selbst in der Hand zu haben, doch bevor er widersprechen konnte, dirigierte June ihn an seinen Schreibtisch.

„Cathy hat wie immer recht. Du solltest ihr sofort antworten. Und diesmal legen wir noch eine Schippe drauf. Zwei Frauen scheinen deine Alice noch nicht genug zu beeindrucken. Bei den Kerlen, die sie dir per Mail präsentiert hat, musst du jetzt dringend nachlegen. Auch wenn ihre Eroberungen vielleicht alle nur erfunden sind. Lass deiner Fantasie freien Lauf und berichte ihr von der sexy Produzentin, die dich mit ihren kurzen Röcken und den tiefen Ausschnitten seit Monaten anmacht und der du letzte Nacht einfach nicht widerstehen konntest"

Sam sah sie überrascht an. „Aber die Produzentin des Films, der gerade in ‚Wilbour House' gedreht wird, ist sechsundfünfzig und hat eine Dauerwelle!"

June verdrehte die Augen. „Das war doch nur ein Beispiel! Du wirst doch wohl in deiner Vergangenheit irgendeine scharfe Braut gehabt haben, aus der du eine heiße Eifersuchtsstory für deine unersättliche Alice stricken kannst. Schließlich bist du einer der gefragtesten Drehbuchautoren!"

Er lächelte still in sich hinein, als er begann, die heiße Spur zu legen, die Alice früher oder später in seine Arme treiben würde. Während er ihr schrieb, malte er sich genüsslich aus, wie er sie für ihre Fehltritte bestrafen würde, sobald sie in seine Falle getappt war.

15. KAPITEL

Jane? Wer war denn nun wieder Jane? Jetzt reichten ihm seine zwei Betthäschen wohl nicht mehr, und er befummelte auch noch eine Tresenschlampe? Es war … unfassbar.

„Melanie!", brüllte sie in Richtung Küche. Als ihre Freundin nicht gleich reagierte, rief sie noch lauter: „Melli, du musst mir helfen! Ich werd' noch verrückt mit dem Kerl!"

Atemlos kam Melanie ins Wohnzimmer gerannt.

„Was ist denn los? Bist du verletzt? Nun sag schon! Ich muss die Pizza aus dem Ofen holen, sonst brennt sie an."

Alice sah sie nur ausdruckslos an und jammerte: „Er hat mich mit einer Neuen betrogen!"

„Wer? Dein Chef?"

„Nein! Sam natürlich! Ich hab gerade seine Mail gelesen, und da schreibt er von einer langen Nacht mit der Barfrau-Tussi aus seinem Stamm-Pub. Und dass sie ihm ständig einen ausgegeben hätte und ihn gar nicht mehr gehen lassen wollte. Und dass er am nächsten Morgen, als er in ihrer Wohnung aufgewacht sei, angeblich nicht mehr so genau wusste, wo er war und was er in der Nacht so alles angestellt hätte. Aber dass sie einen sehr befriedigten Eindruck gemacht hätte, als sie ihm das Frühstück servierte. Er würde sich zwar nicht mehr an alle Details erinnern, aber sie hätte ihm bestätigt, dass sie zusammen ‚sehr viel Spaß' gehabt hätten!" Atemlos hielt Alice inne und starrte Melanie fassungslos an. „Er hat mit ihr geschlafen … Mein Sam hat mich betrogen!"

„Dein Sam? Ich dachte, den teilst du dir mit zwei Blondinen?"

„Ach, an die hatte ich mich irgendwie schon ein bisschen gewöhnt. Aber jetzt hat die ganze Sache plötzlich eine völlig neue Dimension bekommen. Was mach ich bloß?"

Melanie schüttelte teilnahmsvoll den Kopf.

„Da fällt dir schon was ein. Aber jetzt hol ich erst mal unsere Pizza aus dem Ofen, sonst verhungern wir auch noch."

Während des Essens diskutierten sie die neue Sam-Situation in allen Einzelheiten. Irgendwann sagte Alice resigniert: „Mir ist jetzt alles egal. Ich ruf ihn an und sag ihm, dass ich ihn liebe und er sofort aufhören soll, mit sämtlichen Frauen in London rumzumachen. Schluss! Meine Taktik ist nach hinten losgegangen, jetzt hilft nur noch die Flucht nach vorn!"

Um Bestätigung heischend sah sie Melanie an. Doch die reagierte ganz anders, als erwartet.

„Wenn du das tust, siehst du Sam nie wieder. Dann weiß er, dass er dich nur ein bisschen eifersüchtig machen muss und schon kommst du angelaufen. Und wir sind uns doch einig, dass für so einen allseits schwer gefragten Kerl nur eine absolut begehrenswerte, praktisch unerreichbare Frau interessant ist. Das hast du mir doch gestern lang und breit erklärt."

„Ja, schon, aber vielleicht hab ich mich ja geirrt. Vielleicht tickt er ganz anders, als ich mir das in meiner schönen Theorie vorgestellt hab …"

Alice raufte sich verzweifelt die Haare.

„Vielleicht, vielleicht … Es gibt kein perfektes Rezept für die Liebe. Aber nun hast du schon mal mit deiner ausgefeilten Strategie angefangen, jetzt solltest du auch dabei bleiben. Irgendetwas ist da doch zwischen euch. Wieso sollte er dir sonst von seiner Nacht mit der Barfrau schreiben? Also für mich klingt das so, als wenn er dich eifersüchtig machen will. Und das bedeutet, dass er etwas für dich empfindet. Und jetzt will er austesten, ob er dich dazu bringen kann, für ihn auf deine anderen Typen zu verzichten und reumütig angekrochen zu kommen. Und das hättest du ja auch beinahe getan, wenn ich dich nicht in letzter Sekunde zurückgehalten hätte."

Melanie biss beherzt in ihre Pizza und kaute zufrieden.

„Meinst du wirklich?"

„Hm, hm", nickte Melanie mit vollem Mund.

„Aber irgendetwas Neues muss ich mir jetzt einfallen lassen. So geht's nicht weiter, mit diesem Wettbewerb, wer die meisten Abenteuer hat. Wenn ich ihm doch bloß in die Augen gucken könnte … Dann wüsste ich bestimmt, was da eigentlich abgeht, mit seinen diversen Weibergeschichten. Und er würde vielleicht endlich merken, dass ich die Einzige bin, die er braucht. Verdammt, ich muss nach London!"

„Fährt dein Chef nicht demnächst nach England?", warf Melanie kauend ein. „Kannst du da nicht mitfliegen? Schließlich wollen die doch dort über dein Konzept reden."

Wie elektrisiert starrte Alice sie an.

„Das ist es! Natürlich! Die Brauerei hat zwar ihren Sitz irgendwo außerhalb, aber man fliegt nach London, um da hinzukommen. Dann bin zur Abwechslung mal ich schick auf Dienstreise und empfange Sam im Luxus-Hotel. Ha! Super Idee! Danke!" Stürmisch umarmte sie ihre Freundin. Während Melanie ihr fürsorglich die Tomatensauce, die Alice sich dabei an die Wange geschmiert hatte, mit der Serviette aus dem Gesicht wischte, murmelte sie leise: „Bin gespannt, wie dein Chef auf deine neuen Pläne reagiert."

16. KAPITEL

„Ich hab auch schon mal überlegt, ob du nicht mitkommen solltest. Schließlich sprichst du besser Englisch als ich und kannst deine Ideen überzeugend rüberbringen – und dann hast du auch noch diese unwiderstehliche Ausstrahlung …" Leo strich ihr im Vorübergehen leicht über den Po."

Lächelnd setzte er sich an seinen Schreibtisch. Alice stand ihm direkt gegenüber, drehte sich kurz um und vergewisserte sich, dass niemand sie durch die offene Bürotür beobachtete. Als sie feststellte, dass die Luft rein war, beugte sie sich vor und stützte sich mit den Händen in der Mitte des Tisches auf. Mit eng an den Oberkörper gedrückten Armen presste sie ihren Busen leicht zusammen und gestattete ihrem Chef einen tiefen Blick in ihr Dekolleté. Verführerisch lächelnd fragte sie ihn: „Und was hält dich davon ab?"

Leo starrte auf Alice' aufreizend präsentierte Brüste, beugte sich ein Stückchen vor und ließ seinen Zeigefinger langsam in die Spalte dazwischen gleiten.

„Meinst du nicht, dass es Gerede im Büro gibt, wenn wir ein Doppelzimmer nehmen?"

Lächelnd knipste er mit Daumen und Zeigefinger den Knopf auf, der ihre Bluse nur mühsam zusammenhielt. Jetzt hatte er freie Sicht auf ihre sanften Hügel. Alice zuckte nicht zurück, sondern ließ ihn gewähren und sagte cool: „Ein Doppelzimmer zu buchen wäre wohl etwas zu eindeutig. Aber auch in zwei Zimmern könnte man sich ja zu dem einem oder anderen privaten Meeting treffen."

Leo lächelte zustimmend, griff nach ihrer Brust und begann, sie sanft zu massieren. Augenblicklich regten sich die rosigen Nippel. Alice schloss die Augen und legte wollüstig den Kopf in den Nacken. Da erklangen Schritte.

Alice verharrte reglos, ihren tadellos bekleideten Rücken der Tür zugewandt, und sah Leo fragend an. Er blickte an ihren nackten Brüsten vorbei und herrschte seine Sekretärin, die im Türrahmen stehen geblieben war, barsch an: „Ja, Frau Palmer, was gibt's denn? Sie sehen doch, dass ich in einer intensiven Besprechung mit Alice bin. Es geht um unser England-Projekt. Wir sind da gerade in einer sehr sensiblen Phase und müssen noch ein, zwei harte Fakten klären." Dabei kniff er Alice leicht in die Brust. Sie atmete tief ein, hielt den Atem an und zwinkerte ihm verschwörerisch zu.

Verunsichert antwortete die Büroleiterin: „Oh, entschuldigen Sie bitte! Ich dachte nur, weil Ihre Frau mich gebeten hatte … also dann komme ich später wieder."

Leise zog sie die Tür hinter sich zu.

Leo grinste Alice zufrieden an:

„Das war knapp … Wo waren wir noch gleich stehen geblieben?"

„London!", sagte Alice und bewegte ganz leicht ihren Oberkörper.

Er griff mit beiden Händen gierig nach ihren sanft schaukelnden Brüsten, doch Alice zog sich außer seiner Reichweite und fragte leise: „Na, was ist jetzt? Nimmst du mich nun mit?"

Leo lächelte resigniert und seufzte: „Wer kann sich solchen Argumenten schon entziehen? Ich lasse Frau Palmer gleich zwei Flüge und zwei Zimmer für uns buchen. Ist dir das recht? Und jetzt möchte ich noch ein klitzekleines bisschen an diesen harten Fakten hier lecken – als Vorgeschmack."

Damit saugte er sich an ihrer Brustwarze fest und ließ seine Zunge genüsslich um den Nippel kreisen. Sie seufzte befriedigt auf, schloss die Augen und dachte an Sam.

17. KAPITEL

Alice konnte es kaum abwarten, Sam MacAllan über ihre neuen Pläne ins Bild zu setzen. Nach Feierabend machte sie es sich mit Laptop und einem Glas Rotwein auf dem Sofa bequem und schrieb ihm, dass ihr Chef darauf bestanden habe, sie mit zu dem Kunden nach London zu nehmen. Sie würden in einem schicken Hotel außerhalb Londons übernachten und vielleicht würde es sich ja ergeben, dass sie sich dort treffen könnten. Sie würde auf jeden Fall versuchen, sich rechtzeitig zu melden, um sich dann mit Sam zu verabreden. In genau einer Woche würde sie in England landen.

Seine Antwort kam prompt: Er würde sich sehr freuen, wenn es mit einem Date klappen könnte. Er könne allerdings noch nicht hundertprozentig zusagen, weil ihn seine Freundin June genau an dem Tag zu einer Ausstellungseröffnung eingeladen hätte. Aber er würde natürlich alles daransetzen, Alice dennoch zu treffen.

Hm, das klingt ja nicht so enthusiastisch, wie ich mir das vorgestellt hatte, überlegte Alice leicht enttäuscht. Ach, das wird schon werden. Und wenn nicht, hab ich ja immer noch Leo.

Die Woche zog sich endlos hin. Ihr Chef fand fast jeden Tag einen Grund, mit ihr noch dringend das eine oder andere Detail zu ihrem bevorstehenden Meeting mit den englischen Brauern kurz zu besprechen. Dazu schloss er jedes Mal eilig seine Bürotür und begann innerhalb weniger Minuten, sich an ihrer Bluse schaffen zu machen.

Alice war hin- und hergerissen zwischen der Lust an dem verbotenen Flirt, der Vorfreude auf das Wiedersehen mit Sam und ihrer Empörung darüber, dass er nicht umgehend ihr Angebot auf ein Rendezvous zugesagt hatte. Je länger sie darüber nachgrübelte, desto trotziger wurde sie und beschloss, sich schon mal vorsorglich an ihm zu rächen. Doch dazu reichte es ihr nicht, nur zwischen Tür und Angel ein bisschen zu fummeln. Sie war heiß auf das volle Programm.

Als Leo sie zwei Tage vor Abreise wieder zu einem unbefriedigenden Kurz-Termin zu sich bestellte, nahm sie die Sache selbst in die Hand. Bevor sie sein Büro betrat, bremste sie kurzerhand vor dem Schreibtisch seiner Sekretärin – sechs prall gefüllte Aktenordner auf ihren Armen balancierend. Mit gestresster Stimme stieß sie hektisch hervor: „Frau Palmer, wie Sie sehen, hab ich heute noch sehr viel Aktenkram mit dem Chef zu besprechen. Bitte stellen Sie keine Anrufe durch, und stören Sie uns in der nächsten halben Stunde unter gar keinen Umständen. Sonst werden wir nie rechtzeitig fertig!"

Die Büroleiterin starrte sie entgeistert an.

„Aber er hat nur zehn Minuten für Sie eingeplant. Sein Terminkalender ist voll!"

„Tja, dann müssen Sie seine nachfolgenden Termine wohl ein bisschen verschieben. Sie schaffen das schon, Frau Palmer. Wir brauchen mindestens zwanzig, dreißig Minuten! Es geht schließlich um England!", stieß sie dramatisch hervor, stürmte mit ihrem Aktenberg in Leos Büro und schloss die Tür hinter sich mit einem Hüftschwung.

Verblüfft starrte er sie an, als sie schwer bepackt vor ihm stand.

„Wir haben zwanzig Minuten!", schnaufte sie außer Atem und ließ die Ordner achtlos auf den Besucherstuhl fallen.

„Zwanzig Minuten?", fragte er.

„Ja, ich hab deinem Zerberus da draußen erklärt, dass wir noch wahnsinnig viel zu besprechen haben. Ich glaub, ich war sehr überzeugend, dank der alten Akten mit den Aufträgen vom letzten Jahr."

Sie grinste ihn triumphierend an, und augenblicklich verstand er, was sie beabsichtigte.

„Was treibt dich denn zu mir, meine ebenso durchtriebene wie triebhafte Untergebene?", eröffnete er das erotische Geplänkel. „Komm mal her"

Er lehnte sich entspannt in seinem Sessel zurück und drehte sich ihr entgegen. Sie bewegte sich gelassen hinter den Schreibtisch und blieb abwartend zwischen seinen Beinen stehen.

Ohne Umschweife schob er ihrem Rock ein Stückchen hoch. Er schnalzte mit der Zunge, als er das rote Höschen darunter entdeckte. Mit einer lässigen Bewegung schob er die Papiere beiseite und beobachtete voller Ungeduld, wie sie ihren Rock höher schob, bevor sie sich auf der glatt polierten Holzplatte platzierte. Mit schnellem Griff spreizte er ihre Beine, hob ihre Füße auf seine Stuhllehnen und griff mit beiden Händen an die Innenseiten ihrer Schenkel.

Alice stützte sich seufzend mit einer Hand nach hinten ab und knöpfte mit der anderen ihre Bluse auf. Als sich der letzte Knopf öffnete, lehnte sie sich zurück und überließ es Leo, sie ihr von den Schultern zu streifen. Gierig griff er nach ihren Brüsten, während er sich zwischen ihre Beine presste und sie leidenschaftlich küsste. Dann wanderte sein Mund an Hals und Dekolleté herunter, um ihre Brüste abwechselnd zu küssen. Gleichzeitig öffnete er seine Hose und zog seinen steifen Schwanz hervor.

Alice zerrte ihren Slip beiseite, um ihm den Weg freizumachen und ließ sich stöhnend nach hinten sinken. Seine kräftigen Hände zerrten ihre Hüften über den Rand des Tisches, und dann kamen die Stöße schnell und hart.

Sie hörte ihn unterdrückt keuchen, während er wieder und wieder in sie hineinstieß. Seine Hände hatten sich in ihren Schenkeln verkrallt und hielten ihr Becken auf dem Schreibtisch. Alice genoss seinen harten Schwanz tief in sich.

Es dauerte nicht lange, und ein Orgasmus riss sie hinweg. Sie bemühte sich, nicht lustvoll loszuschreien. Leo stieß noch ein paar Mal heftig zu, bevor er seinen Schwanz abrupt aus ihr herauszog und sich auf ihren nackten Bauch ergoss. Stöhnend stand er vor ihr und sah sie eindringlich an.

„Komm schon, fass ihn an!", stieß er hervor, umfasste ihre rechte Hand mit hartem Griff und dirigierte sie ans Ziel. Folgsam nahm sie seinen zuckenden Schwanz zwischen die Finger und rieb ihn, bis Leo sich vollständig entleert hatte. Erschöpft ließ er sich auf seinen Sessel zurücksinken. Alice richtete sich langsam auf und zog ihre Bluse über die Schultern.

Leo griff in seine Schreibtischschublade und hielt ihr wortlos eine Packung Kleenex hin. „Alice?"

„Ja?", fragte sie, irritiert von dem ungewohnten Ernst in seiner Stimme.

„Du bist einfach fantastisch! Eine Frau wie dich hab ich noch nie gehabt. Was ich mit dir hier treibe, gab es bisher nur in meiner Fantasie. Mit meiner Frau läuft schon lange nichts mehr, und was da früher mal war, schlägst du um Längen! Du machst mich total verrückt. Ich will mehr, immer mehr. Wenn du in meiner Nähe bist, will ich dich ständig überall anfassen. Ich kann es gar nicht abwarten, in zwei Tagen endlich eine ganze Nacht mit dir zu verbringen! Und am liebsten würde ich jede Nacht mit dir verbringen! Ich will dich ganz für mich haben!"

Alice sah ihn entgeistert an.

Oh, Mann, das sind zwar die richtigen Worte, aber leider vom falschen Mann! Was ist denn mit dem herrlich gestrengen Leo-Chef passiert? Verdammt, ich will doch mit dem nicht auf Romantik machen!

Sie wollte doch nur spielen … Fieberhaft grübelte sie nach einer passenden Antwort, als das Telefon klingelte. Leo zuckte zusammen, schien aus seiner Trance zu erwachen und griff mechanisch an ihr vorbei nach dem Hörer. „Ja?“

Alice erkannte am anderen Ende die angespannte Stimme von Frau Palmer, die eindringlich auf ihn einredete.

„Ja, ja, wir sind hier gleich fertig. Dann fahre ich direkt zu dem Termin. Ja, doch!“

Unwirsch legte er auf.

Alice rutschte zögernd vom Schreibtisch, schob ihren Rock runter und knöpfte ihre Bluse zu.

„Tja, dann sollte ich jetzt wohl besser gehen. Wir sehen uns ja übermorgen am Flughafen. Dann können wir das alles in Ruhe besprechen.“

Sie merkte, dass er über ihre ausweichende Antwort enttäuscht war. Betont konzentriert knöpfte er seine Jeans zu und murmelte: „Ja, das ist wohl das Beste.“

Alice beugte sich vor, gab ihm einen versöhnlichen Abschiedskuss – und hatte sofort wieder seine Zunge im Mund. Für einen Moment schien er seine emotionale Ansprache von eben vergessen zu haben und wieder ganz er selbst zu sein. Alice lächelte ihn erleichtert an und ging zufrieden Richtung Tür.

„Du hast mal wieder etwas sehr Wichtiges vergessen“, erklang Leos ernste Stimme hinter ihr.

Irritiert drehte sie sich um.

Er grinste sie frech an.

„Wenn du ohne deine vielen Aktenordner hier rausspazierst, ahnt Frau Palmer gleich, was wir in den letzten zwanzig Minuten miteinander getrieben haben.

Nimm sie lieber mit. Warte, ich helfe dir", sagte er zuvorkommend.

Sie hielt ihm ihre ausgestreckten Arme entgegen. Er hob die Papiere vom Stuhl und wartete, bis ihre Hände die Ordner fest umklammert hielten. Dann griff er unvermittelt unter ihren Rock.

„Oh!", stöhnte sie überrascht auf, als sie seine Finger zwischen ihren Beinen spürte. Mit den schweren Unterlagen vor ihrer Brust hatte sie keine Chance, ihn davon abzuhalten. Er zerrte leicht am Stoff ihres Slips, zog sie daran ein Stückchen näher zu sich heran und sah ihr lüstern in die Augen.

„Ich muss dir doch noch dein kleines, rotes Höschen ordentlich anziehen, damit du wieder manierlich aussiehst. Oh, du bist ja immer noch ganz feucht … Wenn ich jetzt nicht dringend zu dem Termin müsste, würde ich es dir gleich noch mal besorgen", flüsterte er ihr heiser ins Gesicht.

Alice lächelte ihn unsicher über den Aktenstapel hinweg an.

„Das weiß ich wirklich zu schätzen, aber jetzt sollte ich schleunigst gehen, bevor die Sekretärin uns doch noch erwischt …"

„Ja, ja … Bin gleich soweit", murmelte er abwesend und ließ sich vor ihr auf die Knie sinken. „Ich will mich nur noch vergewissern, dass alles an der richtigen Stelle sitzt."

Alice suchte hektisch nach einem Ausweg aus der brenzligen Situation. Jeden Moment konnte seine Vorzimmerdame hereinplatzen, aber Leo schien das inzwischen völlig egal zu sein. Er war nur noch fixiert auf ihr Höschen und das, was darin war. Sie hörte seine fordernde Stimme zwischen ihren Schenkeln, und der strenge Tonfall machte sie an.

„Los, mach die Beine breit für deinen Chef!" Er schob ihren Rock mit einem Ruck hoch und keuchte: „Ja, genau so! Schön brav spreizen! Zeig mir alles, was du da hast! Oh, jetzt kann ich es genau sehen … Und fühlen …"

Seine Finger schoben sich zielstrebig an dem schmalen Streifen Stoff vorbei, um sich dann genüsslich in sie hineingleiten zu lassen.

„Oh, du fühlst dich so gut an, Baby", stöhnte er, und Alice konnte nicht anders, als erregt zu seufzen, als er in sie eindrang. Es war einfach zu geil, wie er sie mit seinen langen Fingern massierte, während sie ihm machtlos ausgeliefert war.

„Ja, das gefällt dir, was? Dein köstlicher Saft läuft ja schon wieder", stellte er triumphierend fest. „Ich liebe es, dass dein Körper augenscheinlich allzeit bereit ist."

Alice vernahm das schmatzende Geräusch, das seine immer schneller in ihr auf und ab stoßenden Finger erzeugten. Sie konnte sich vor Lust kaum auf den Beinen halten, ihr Becken zuckte, und sie fühlte, dass es nicht lange dauern würde, bis sie kommen würde. Verzweifelt klammerte sie sich an die Akten auf ihren schmerzenden Armen.

Leo ließ nicht locker, penetrierte sie weiter mit seinen Fingern und ließ seine Zunge zwischen ihren Schenkeln kreisen. Er stöhnte und murmelte erregt: „Oh, das ist so geil, dass du dich nicht wehren kannst, sondern stillhalten musst, während ich dich nach Lust und Laune ficken kann. Willst du noch mehr?"

Alice wurde unter seinen Stößen gedehnt. Sie stöhnte lustvoll auf.

„Still, meine kleine, geile Schlampe! Reiß dich zusammen. Gleich darfst du kommen" Er quälte sie wieder mit seiner Zunge, zögerte den Moment bis zum Äußersten hinaus und stieß endlich keuchend hervor: „Los, komm in meiner Hand. Komm!"

Alice konnte gar nicht anders, als seinem Befehl zu folgen. Der Orgasmus zuckte durch ihren Unterleib.

„Ja, ich komme! Ich komme! Oh bitte, Erbarmen", flüsterte sie heiser.

Ihre Beine zitterten vor Lust, während er zögernd seine nassen Finger aus ihr herausgleiten ließ. Akribisch zupfte er ihren Slip zurecht, zog ihren Rock sorgfältig darüber und erhob sich. Dann blickte er sie verträumt an und leckte genüsslich einen Finger nach dem anderen ab.

„Oh, du schmeckst so verdammt gut! Die Hand wasch ich mir vor London nicht mehr. Und dort hole ich mir den Hauptgang … Ich hab jetzt schon Hunger auf dich!"

Alice spürte noch das wohlige Pulsieren in ihrem Unterleib und lauschte seinen schlüpfrigen Komplimenten. Ihr gefiel, was sie da hörte, aber langsam hatte sie keine Kraft mehr in den Armen. Sie lächelte ihn erschöpft an.

„Das war eine exzellente Zugabe, aber jetzt kann ich echt nicht mehr! Ich muss dringend los und du auch."

„Ja, du hast ja recht." Leo hielt ihr die Tür auf und sagte laut, sodass seine Sekretärin es hören konnte: „Vielen Dank, Alice! Das waren tatsächlich ein paar sehr wichtige Aspekte und interessante Einblicke, die Sie mir in den letzten Minuten gewährt haben. Ich hätte mich gerne eingehender mit Ihnen beschäftigt, aber leider drängt schon der nächste Termin. Die noch offenen Fragen klären wir in London."

Heimlich zwinkerte er ihr zu, während sie laut antwortete: „Ja, finde ich auch. Ihre Argumente waren wirklich ausgesprochen überzeugend. Jetzt sehe ich dem Meeting in London voller Vorfreude entgegen."

Auf wackeligen Beinen schwankte sie mit den schweren Ordnern Richtung Fahrstuhl und spürte, wie

sich ihre geschwollenen Schamlippen bei jedem Schritt
aufreizend aneinander rieben.

18. KAPITEL

Am Abend vor ihrem Abflug hatte Alice zur Sicherheit noch eine Mail an Sam geschickt. Er hatte geantwortet, dass die Chancen für ein Treffen sehr gut stünden, und dass sie sich melden sollte, wenn sie wüsste, wann und wo sie sich treffen könnten. Das klang vielversprechend!

Voller Vorfreude stand sie morgens rechtzeitig beim Check-in in der Warteschlange. Sie malte sich aus, wie das Wiedersehen sein würde. Ob sie ohne Umschweife übereinander herfallen würden, oder standen die diversen E-Mail-Botschaften jetzt zwischen ihnen? Sie war bereit. Der Sex mit Sam war einfach der beste, den sie sich vorstellen konnte – und sie hoffte, dass da noch ein paar Steigerungen auf sie warteten.

Sie träumte vor sich hin, als sie plötzlich eine Hand von hinten zwischen ihren Beinen spürte. Erschrocken drehte sie sich um und blickte in das grinsende Gesicht von Leo.

„Guten Morgen, Alice“, sagte er laut und fügte flüsternd hinzu, „trägst du das rote oder das schwarze Höschen unter den Jeans?“

„Morgen, Leo. Könntest du dich bitte in der Öffentlichkeit ein bisschen bremsen und deine Finger da wegnehmen?“, antwortete sie leise, aber bestimmt.

Ernüchtert zog er seine Hand zurück.

„Warum denn so prüde? Wenn ich so dicht hinter dir stehe, sieht doch keiner, wo ich meine Hand hinstecke. Und du weißt doch, dass ich mich nicht zurückhalten kann, wenn du in meiner Nähe bist. Du machst mich einfach geil“, flüsterte er ihr ins Ohr.

Alice wollte die Reise nicht mit Stress beginnen und lenkte ein: „Ich weiß, aber ein bisschen Vorfreude steigert den Appetit, oder?“

Wissend nickte er ihr zu, und sie checkten ihr Gepäck ein.

Der Flieger war fast leer, und sie hatten in der Businessclass eine Reihe für sich. Kurz nach dem Start orderte Leo zwei Fläschchen Champagner und prostete ihr zu.

„Auf einen geilen Trip!“

„Ja, auf eine erfolgreiche Dienstreise“, antwortete sie wage und sah aus dem Fenster. Unter ihnen lag eine weiße Wand von Wattebäuschchen-Wolken.

Leos Anmache ging ihr auf die Nerven, und außerdem wollte sie viel lieber ihren Gedanken an Sam nachhängen. Eine Weile klappte das auch. Sie ließ die Rückenlehne zurücksinken und blätterte ziellos in einem bunten Klatschheft. Doch irgendwann spürte sie Leos Hand auf ihrem Bein. Verdeckt von dem Magazin, begann er seine Finger zielstrebig zwischen ihre Schenkel zu schieben. Während Alice zügig ihren Champagner leerte, überlegte sie, wie sie das Beste aus der Situation machen könnte.

„Lässt du mich bitte durch? Ich möchte mal kurz in den Waschraum, Chef“

Statt sich von seinem Gangplatz zu erheben, spreizte er nur seine Beine und lehnte sich ein Stückchen zurück, damit sie sich an ihm vorbeischlängeln konnte. Sie stützte sich vor ihm stehend, länger als nötig, an seiner Rückenlehne ab. Er starrte auf ihren Busen, direkt vor seiner Nase, und schon griffen seine Hände zu. Als er ihre Brustwarzen durch die Bluse ertastete, schnalzte er mit der Zunge.

„Du bist einfach unwiderstehlich“

Alice genoss seine Berührung. Es fühlte sich gut an, wenn er ihr so deutlich zeigte, wie sehr er sie begehrte.

Bis zum Treffen mit Sam sind es ja noch viele Stunden, überlegte sie. Und wer weiß, ob er tatsächlich kommt …

Sie lächelte Leo auffordernd an.

„Bist du eigentlich Mitglied im ‚Mile High Club‘?“

Seine Hände griffen fester zu, während er den Kopf schüttelte.

„Ich auch nicht, aber ich würde es gerne werden. Machst du mit?“

Sie ließ ihre Zungenspitze auffordernd über ihre Oberlippe streichen und stöckelte hoch erhobenen Hauptes zu den Waschräumen ganz hinten los. Leo folgte ihr. Sie wichen den Flugbegleitern aus, die sich mit ihrem Getränke-Trolley nach vorne durcharbeiteten. Erleichtert stellte Alice fest, dass sich niemand im Heck befand, als sie die Tür zur engen Bordtoilette öffnete und hineinschlüpfte. Als die Tür hinter ihnen zuschnappte, standen sie sich direkt gegenüber. Leo sah sie an.

„Viel Platz ist hier ja nicht.“

„Dann lass uns das Beste draus machen“, antwortete Alice und fing an, ihre Bluse aufzuknöpfen. Wie hypnotisiert starrte er auf die rosigen Nippel, die keck aufgestellt um Aufmerksamkeit buhlten. Leo begann sofort, ihre Brüste zu kneten, während Alice die Knöpfe seiner Jeans mit einem Ruck aufspringen ließ und seinen Schwanz massierte. Er wurde sofort steif.

„Los, dreh dich um!“, forderte er sie erregt auf.

Alice zog ihre Jeans samt Slip herunter und wandte ihm den Rücken zu.

„Ist es das, was du willst?“, keuchte sie und beugte sich vor.

„Oh, ja! Ich besorg’s dir von hinten!“, hechelte er, während er seinen Schwanz hektisch aus der Hose nestelte und sofort in sie eindrang. Alice stöhnte auf und stützte sich an der Wand ab, während seine Finger gierig ihre

Brüste befingerten. Er kniff ihre harten Nippel, während er rhythmisch zustieß. Alice spürte, wie ihr Körper reagierte.

„Oh, ja! Stärker! Mach schnell! Bevor wir erwischt werden", feuerte sie ihn leise stöhnend an.

Die brisante Situation sorgte dafür, dass sich ihre Lust innerhalb weniger Minuten steigerte, bis sie nach ein paar weiteren Stößen kam. Leo stieß ein weiteres Mal stöhnend zu und zog seinen Schwanz im letzten Moment aus ihr heraus.

„Ich mag den roten Slip", seufzte er bei dem Anblick, den Alice ihm beim Bücken bot.

„Ja, ich weiß", sagte sie lächelnd und drehte sich zu ihm.

„Mir gefällt alles an dir!", sagte er zärtlich und sah sie eindringlich an.

„Auch der verbotene Sex im Flugzeug?", versuchte sie zu scherzen.

„Ja, einfach alles", wiederholte er schmachtend und küsste sie innig.

Oh, Mann, jetzt ist der schon wieder auf dem Romantik-Trip. Das gibt's doch gar nicht, fluchte sie innerlich. Da haben wir hier gerade eine versaute Nummer, 10.000 Meilen über der Erde, geschoben, und der guckt mich an wie ein verliebter Pennäler. Ich will das nicht! Ich will nur Spaß mit ihm.

Alice löste sich vorsichtig aus seiner leidenschaftlichen Umarmung und murmelte: „Willkommen im ‚Mile High Club'! Jetzt sollten wir aber schleunigst zusehen, dass wir hier rauskommen. Am besten gehst du als Erster, und ich folge in ein paar Minuten. Okay?"

Ein bisschen enttäuscht ließ er von ihr ab und öffnete die Tür. Noch während er sich hindurchzwängte, versuchte ein Mann an ihm vorbei in die Toilette zu kommen. Hektisch drängte Leo ihn zurück.

„Einen Moment bitte … Meiner, äh, Frau geht's nicht gut. Sie musste sich übergeben. Haben Sie noch einen Augenblick Geduld!"

Damit schloss er die Tür schnell wieder, und Alice verriegelte von innen, während sie panisch dachte: Oh, nein! Was für ein Albtraum! Wie lange der Typ da wohl schon steht? Ob der was mitgekriegt hat? Ewig kann ich mich hier nicht einschließen … Los, Kopf hoch, arroganter Blick und einfach raus!

Entschlossen entriegelte sie die Tür und drückte sie auf. Vor sich sah sie das feiste, grinsende Gesicht eines schwitzenden Anzugträgers, der sie anstarrte und seine Augen bedeutungsvoll auf ihre Brüste lenkte. Alice spürte seinen heißen Atem an ihrem Hals, als sie sich an ihm vorbeischob.

„Hast du schon genug?", flüsterte er ihr ins Ohr. „Oder soll ich es dir mal so richtig besorgen? Du siehst aus, als wenn du noch mehr vertragen könntest!"

Angewidert giftete sie ihm ins Gesicht: „Ich ficke nur echte Männer!"

Damit ließ sie ihn stehen und ging zurück zu ihrem Platz.

Den Rest des Fluges tat sie so, als würde sie schlafen, und irgendwann gab Leo es auf, sie mit seiner Hand wieder munter kriegen zu wollen. Sie hatte genug für heute – von Leo und unverschämten Schlipsträgern.

Stattdessen dachte sie lieber an den bevorstehenden Abend – mit Sam MacAllan.

19. KAPITEL

Am Flughafen wurden sie von einer Limousine abgeholt, die sie direkt zur Brauerei brachte. Die Fahrt dauerte lange und führte in einen kleinen Vorort der City. Alice hatte eine Powerpoint-Präsentation vorbereitet und beeindruckte die potenziellen Auftraggeber mit ihrem perfekten Englisch und den Fakten und Slogans, die sie professionell und charmant präsentierte. Sechs Herren im reiferen Alter hingen an ihren Lippen. Und den einen oder anderen erwischte sie dabei, wie er seinen Blick zwischenzeitlich von der Leinwand über ihren Hintern gleiten ließ. Als sie schloss, gab es wohlwollenden Applaus.

Nach dem gemeinsamen Mittagessen ging es weiter mit Gesprächen über die Kampagne. Nachdem Leo gemerkt hatte, welche Wirkung Alice auf die Kunden ausübte, hielt er sich im Hintergrund und überließ ihr das Reden.

Sie hatte Spaß daran, ihre Ideen genauer darzulegen, und fühlte sich immer wohler. Sie spürte, dass sie die Auftraggeber um den Finger wickelte und die Chancen, den Zuschlag für die Marketingkampagne zu bekommen, von Stunde zu Stunde stiegen.

Am späten Nachmittag zogen sich die Engländer zur Beratung zurück. Leo und Alice nutzten das schöne Wetter und setzten sich nach draußen auf die Treppe vor dem Eingang.

„Du machst das wirklich fantastisch! Die Jungs fressen dir aus der Hand!", freute er sich.

„Na ja, ich bin gut vorbereitet und von meinem Konzept überzeugt. Was denkst du, wie lange es dauert, bis sie zu einem Ergebnis kommen?"

„Ich hoffe, dass die spätestens gegen sechs oder sieben entschieden haben, ob wir den Auftrag bekommen.

Und dann können wir endlich im Hotel feiern. Du weißt, was ich meine?“ Er tätschelte ihren Oberschenkel.

„Lass das mal lieber … Wer weiß, wie die konservativen Briten auf so was reagieren“, sagte Alice mit vielsagendem Blick Richtung Bürogebäude und schob seine Hand beiseite. „Wo ist unser Hotel eigentlich?“

„Du kannst es wohl auch nicht abwarten, was? Hier ganz in der Nähe. Das ist eher ein Landgasthof als ein Luxus-Hotel, aber wohl sehr gemütlich, meinte Frau Palmer.“

Alice sah ihn entgeistert an. „Was? Hier? Nicht in London?“

„Ja. Wieso bist du so entsetzt? Ist doch völlig egal, wo es ist – Hauptsache, es hat große Betten, oder?“, grinste er.

„Ja, schon … Aber ich dachte, ich kann mir noch ein bisschen die Stadt angucken. Und dann wollte ich …“ Alice verstummte plötzlich.

„Was wolltest du?“

„Äh, eine alte Freundin treffen, die in London lebt“, antwortete sie zögernd.

Leo merkte, dass sie enttäuscht war. Er versuchte, die Situation zu retten, um die gute Stimmung für seine späteren Pläne zu halten.

„Na, vielleicht hat sie Lust mit uns zu essen? Das Restaurant im Hotel ist ausgesprochen gut. Dann könnt ihr euch sehen, und wir zwei feiern nach dem Dinner auf unsere Art weiter.“

Alice starrte düster vor sich hin. Das hatte sie sich anders vorgestellt. Wie sollte sie Sam MacAllan davon überzeugen, raus aufs Land zu ihr zu kommen, nur um dann gemeinsam mit ihrem Chef zu essen? Und wie sollte sie Leo erklären, dass ihre „gute Freundin“ Sam hieß? Verdammt! Jetzt hockte sie hier mitten in der Pampa mit Leo und hatte keine Chance, ihm zu entkommen. Aber sie wollte Sam heute noch sehen! Sie bemühte sich um ein Lächeln, griff nach ihrem Handy und stand auf.

„Dann versuche ich mal, sie zu erreichen.“

Sie entfernte sich weit genug und wählte Sams Nummer. Das fremde, englische Klingeln machte sie noch nervöser, aber endlich nahm er ab.

„Oh, hi Alice!“, meldete er sich fröhlich.

Verdutzt antwortete sie: „Woher weißt du, dass ich es bin?“

„Na, weil ich dich gespeichert hab. Bist du gut gelandet? Wie waren die Meetings? Und wann sehen wir uns?“

„Schön, deine Stimme zu hören. Die Meetings dauern noch ein bisschen, aber um acht müsste ich im Hotel sein.“

„Das klingt gut. Wo ist das denn?“

„Tja, ein bisschen außerhalb.“ Als sie ihm Namen und Adresse nannte, atmete er hörbar aus. „Die sollen hier aber ein sehr gutes Restaurant haben“, beeilte sie sich zu ergänzen.

„Ah, ja ...“, sagte er wenig begeistert. „Das ist aber echt ganz schön weit draußen.“

„Kommst du trotzdem?“, fragte sie mit Sehnsucht in der Stimme.

„Ja, ja, ich denke schon.“

„Au, das wäre klasse! Wir können kurz zusammen mit meinem Chef essen und dann sehen, was der Abend noch so bringt“, sagte sie möglichst locker ins Telefon.

„Wie jetzt? Mit deinem Chef? Dem Typen, der dich ständig anmacht?“ Er klang verärgert.

„Na ja, er wohnt nun mal im selben Hotel. Ich kann mich nach unserem Abschluss ja nicht einfach verziehen. Aber ihr werdet euch bestimmt verstehen“, murmelte Alice, selbst nicht wirklich überzeugt.

Sie verabredeten sich um acht Uhr im Restaurant.

Um kurz vor halb acht setzte der Fahrer sie endlich vor dem Hotel ab. Mit dem unterschriebenen Vertrag in der Tasche checkten Leo und Alice gut gelaunt ein und fuhren in den dritten Stock hinauf. Ihre Zimmer lagen fast gegenüber. Erwartungsvoll sah er sie an.

„Wie wär's mit einer schnellen Nummer unter der Dusche?"

„Ich dachte, die schnelle Nummer hatten wir heute Morgen im Flieger! Ich brauch jetzt dringend ein paar Minuten für mich. War doch recht anstrengend die Präsentation und so. Bis später im Restaurant!"

Bevor er widersprechen konnte, verschwand sie schleunigst in ihrem Zimmer und schloss die Tür hinter sich. Sie schlüpfte aus den Klamotten und stellte sich unter die heiße Dusche – Sam sollte auf keinen Fall irgendwelche Spuren eines Nebenbuhlers an ihr entdecken. Als sie sich mit ihrem duftenden Duschgel einschäumte, genoss sie die Vorstellung, dass schon in wenigen Stunden Sams Hände ihren Körper berühren würden.

Sie ließ ihre Finger über Bauch und Brüste gleiten und massierte sich genüsslich zwischen den Beinen. Langsam ließ sie einen Finger ein Stückchen in sich hineingleiten. Tempo und Tiefe ihres Fingers erhöhten sich, und Alice stöhnte wohlig auf. Das tat gut. Schließlich fühlte sie sich völlig gereinigt, von den verschiedenen Männern, mit denen sie in letzter Zeit Sex gehabt hatte. Ab sofort wollte sie ohne jede Spur eines anderen nur noch bereit für Sam MacAllan sein.

Sie trocknete sich ab, cremte sich mit derselben Zitrus-Bodylotion ein, nach der sie damals in Berlin geduftet hatte, und schlüpfte in das tiefausgeschnittene Kleid aus schwarzem Seidensatin, das sie sich extra für diesen Anlass gekauft hatte. Es wurde vorn nur von fünf Knöpfen zusammengehalten. Alice wusste, dass diese in

Sekundenschnelle aufspringen würden, wenn Sam das wollte.

Ihre Ohrringe in Form winziger, schwarz-weißer Schachbretter komplettierten das Outfit. Mit den schwarzen Lack-Pumps begutachtete sie sich vor dem Schrankspiegel – perfekt! Kaum hatte sie ihr Make-up aufgetragen, klingelte das Zimmer-Telefon. Sie sah auf die Uhr – fünf vor acht.

Da kann's wohl einer nicht abwarten, dachte sie erregt.

Als sie aus dem Fahrstuhl in die Lobby stürmte und sich suchend umsah, entdeckte sie ihn sofort. Da saß er. Sam! Endlich! Er kam ihr lächelnd entgegen und umarmte sie zärtlich. Alice schloss die Augen und sog seinen unverwechselbaren Duft ein. Dann wandte sie ihm ihren Mund zum Kuss zu – und bekam zwei kurze Wangenküsschen! Verwirrt schlug sie die Augen auf und blickte in sein immer noch lächelndes Gesicht.

„Hallo Alice, wie schön, dich zu sehen. Du siehst toll aus!"

„Danke! Dabei hatte ich kaum Zeit mich aufzustylen. Das Meeting hat ewig gedauert. Aber jetzt machen wir es uns gemütlich. Das Restaurant ist, glaub ich, dahinten …", plapperte sie aufgeregt los.

„Darf ich dir zuerst meine Freundin June vorstellen?"

Er löste sich von Alice und drehte sich zu der Frau um, die neben ihm stand. Alice starrte sie entgeistert an.

„Hi Alice, I'm June, pleased to meet you", sagte die andere freundlich und reichte ihr die Hand.

„Hi, pleased to meet you, too …", stammelte Alice verwirrt.

Sie sah Sam fragend an.

„June hat mich freundlicherweise hergefahren, und ich dachte, dass es doch netter ist, wenn wir zu viert essen, statt nur zu dritt mit – deinem Boss." Er betonte die letzten Worte überdeutlich.

June nickte zustimmend, und Alice versuchte, sich zusammenzureißen. Sie bemühte sich, sich ihre Verwirrung und Enttäuschung nicht anmerken zu lassen. Was hatte ihre Konkurrentin hier zu suchen? June war doch eine seiner beiden Blondinen!

Allerdings waren ihre Haare rotbraun und recht kurz. Außerdem war sie kaum geschminkt, hatte einen dunklen Anzug an und entsprach so gar nicht dem Vamp, den Alice in ihrer Fantasie vor Augen gehabt hatte. June wirkte ausgesprochen nett.

Alice musste schlucken und kriegte kein Wort raus.

„Hallo Alice, ist das deine Freundin aus London?", hörte sie plötzlich eine Stimme hinter sich.

Sie drehte sich hektisch um und stammelte:

„Oh, hallo Leo. Äh, ja, das sind meine Londoner Freunde June und Sam. Und dies ist mein Chef Leo, mit dem ich hier auf Dienstreise bin", stellte sie sie einander vor.

Sams dunkle Augen verengten sich zu schmalen Schlitzen, als er Leo begutachtete. Während June ihn charmant anlächelte und ihm die Hand zur Begrüßung reichte, nickte Sam ihm nur cool zu und knurrte: „N'Abend … Sie essen mit uns?"

Leo blickte ihn irritiert an. „Sie sprechen deutsch?"

„Ja, ich war Professor für Literaturwissenschaften in Berlin", erwiderte er praktisch akzentfrei. „Alice und ich kennen uns von der Uni", setzte er mit einer gewissen Arroganz hinzu.

„Ach, interessant“, erwiderte Leo ebenso unterkühlt. „Alice und ich arbeiten in meiner Agentur sehr eng zusammen.“

Oh, Mann … Das entwickelt sich ja zum Zickenkrieg unter Männern, dachte Alice genervt. Hilfesuchend blickte sie June an. Die rollte mit den Augen. Sie verstand also, worum es ging. Bevor die beiden Kampfhähne ihre Kämme weiter anschwellen lassen konnten, ergriff die Engländerin die Initiative. Mit charmantem Akzent fragte sie: „Should we go rüber in the Restaurant? I have a little Hunger.“

Alice lächelte sie dankbar an und schob die beiden Männer Richtung Lokal.

Als sie Platz nahmen, bewunderte sie den silbernen Kerzenleuchter und die kunstvoll gefalteten Servietten, die auf dem Tisch dekoriert waren. Alice saß zwischen Sam und Leo, ihr gegenüber June. Sie bemühte sich, eine halbwegs entspannte Konversation in Gang zu bringen. Doch zumeist antwortete ihr Sams Freundin, während sich die Männer abschätzend taxierten.

Endlich reichte ein Kellner die Speisekarten, und sie vertieften sich darin. Die unangenehme Situation war Alice auf den Magen geschlagen, und sie verspürte kaum noch Appetit. Trotzdem bestellte sie eine Suppe und zum Hauptgang ein Filetsteak. Leo suchte mit Kennermiene eine Flasche sündhaft teuren Rotwein aus.

Nach dem ersten Glas entspannte sich die Stimmung endlich. Alice berichtete Sam von ihrer erfolgreichen Präsentation, während June Leo in ein Gespräch verwickelte. Der schien jedoch nur mit halbem Ohr zuzuhören und beobachtete Alice aus den Augenwinkeln. Sie spürte seine Blicke, ignorierte sie jedoch und versank lieber in Sams braunen Augen. Sie lauschte seiner sonoren Stimme, bekam aber von dem, was er erzählte, nur die Hälfte mit.

Stattdessen schweiften ihre Gedanken ab. Zu Schach und Kaviar, dazu noch Sams Hände auf ihrem Körper … Alice seufzte bei der Vorstellung leise auf. Plötzlich wurde ihr bewusst, dass das Gefühl gar nicht nur ihrer Fantasie entsprang, denn sie spürte tatsächlich Sams Hand auf ihrem Oberschenkel.

„Hörst du mir überhaupt zu?", fragte er lächelnd und verstärkte den Druck seiner Finger ein wenig.

„Ja, klar", antwortete sie vorsichtig.

„Und? Wie lautet deine Antwort?"

„Wie? Was? Äh … Nun, also …", stammelte sie.

„Bleibst du noch ein bisschen?", fragte er.

„Wo?"

„Na, hier!"

„Ja, klar! Ich bin noch lange nicht müde!"

„Alice, du hast mir überhaupt nicht zugehört", sagte er mit sanftem Tadel. „Ich möchte wissen, ob du länger in England bleiben kannst", fragte er dann leise.

„Oh … Ach so …" Sie überlegte kurz und wisperte dann: „Ich möchte furchtbar gerne, aber das ist ja eine Dienstreise, und die Flüge sind fest gebucht. Ich fürchte, mein Chef hätte kein Verständnis dafür, wenn ich privat noch ein paar Tage dranhängen würde."

„Aber deine Präsentation ist doch gelaufen, dein Job damit getan, oder?"

„Ja, schon. Aber ich fürchte, Leo geht's nicht nur um den Job …", flüsterte sie und blickte verstohlen zu ihrem Chef rüber, der sich aber inzwischen angeregt mit June unterhielt.

Sam sah sie eindringlich an und ließ seine Hand, verdeckt von der Stoffserviette auf ihrem Schoß, zwischen ihre Schenkel gleiten.

„Wenn du es willst, finden wir sicher einen Weg", murmelte er verschwörerisch. „Da fällt uns bestimmt etwas ein …"

Alice spürte seine Fingerspitzen, die sie durch den dünnen Stoff unmissverständlich berührten. Sie atmete geräuschvoll ein und hatte gleichzeitig Sorge, dass man ihr genau ansah, wie glücklich sie das alles machte.

Sam wollte, dass sie blieb! Bei ihm, in London! Sie stieß innerlich einen Freudenschrei aus. Sie würden endlich Zeit zusammen verbringen – reden und miteinander schlafen. Alice schloss genießerisch die Augen und konzentrierte sich auf Sams Hand, die sie massierte.

„Alice, du hast deine Suppe ja überhaupt noch nicht angerührt", katapultierte Leos Stimme sie zurück in die Realität. „Was ist los? Schmeckst's dir nicht, oder geht's dir nicht gut?"

„Äh, doch, natürlich", antwortete sie reflexartig, besann sich aber sofort eines Besseren. „Na ja, mir ist irgendwie so heiß … Vielleicht hab ich Fieber? Ich hab schon den ganzen Abend das Gefühl, dass etwas mit mir nicht stimmt. Vielleicht ist es eine Grippe?", plapperte sie auf gut Glück los. Sam schaltete augenblicklich und pflichtete ihr bei.

„Stimmt, du hast ganz rote Wangen. Vermutlich Fieber. Da grassiert gerade was in England. Das sollte man nicht auf die leichte Schulter nehmen. June ist ja zum Glück Ärztin, die könnte dich gleich mal untersuchen. June, was meinst du dazu?"

Er blickte seine Freundin durchdringend an und signalisierte ihr mit einem winzigen Nicken, auf das Spiel einzugehen.

„Of course … Wenn ich helfen kann, sure", antwortete sie, räusperte sich und legte mehr Autorität in ihre Stimme. „It really looks like Fieber. Das muss möglichst schnell controlled werden. But not here in the restaurant. Ich könnte dich in your room untersuchen, Alice. Would that be okay?"

„Moment mal. Bis eben war sie doch noch topfit. Heute Nachmittag bei der Präsentation ging's ihr doch noch blendend", versuchte Leo zu widersprechen.

„Das ist ganz typisch für diese neue Grippewelle, die gerade in London grassiert. Der Zustand der Patienten verschlechtert sich innerhalb weniger Stunden. Damit ist nicht zu scherzen. Das muss sofort behandelt werden. Komm lieber mit, bevor du deinen Chef noch ansteckst, Alice", drängte Sam, erhob sich und zog sie mit sich.

„Sekunde mal!", widersprach Leo genervt, als er sie am Arm seines Konkurrenten erblickte. „Sie könnten sich doch auch anstecken!"

„Ich bin geimpft", behauptete Sam geistesgegenwärtig. „Tut mir leid, dass der Abend so abrupt endet, aber das ist höhere Gewalt. Alice braucht in erster Linie Ruhe und muss jetzt sofort ins Bett!"

Genau da wollte Leo heute eigentlich auch noch mit ihr landen. Er wagte einen letzten Versuch, vielleicht doch noch zum Ziel zu kommen:

„Okay, dann schaue ich später, wie es dir geht."

„I'll tell you gleich nach der Untersuchung, Leo, obwohl ich jetzt schon very sure bin, dass meine Diagnose zutrifft", erwiderte June in unmissverständlichem Medizinertonfall. „Wegen die … how do you say … Ansteckungsgefahr kann sie leider keinen Besuch empfangen. Außerdem braucht sie neben absolutely Ruhe auch strong medicine. Zum Glück hab ich die best pills immer dabei." Sie zeigte auf ihre voluminöse Handtasche, die eine gewisse Ähnlichkeit mit einer ledernen Arzttasche hatte. Alice bemühte sich, sich angesichts des absurden Schauspiels ein Lachen zu verkneifen. Sie wischte mit dem Handrücken theatralisch über ihre angeblich fiebrige Stirn und nickte Leo bedauernd zu.

„Ich muss mich dringend hinlegen. Ich fühle mich schrecklich …"

„Na gut … Dann sehen wir uns morgen früh bei der Abreise", versuchte er es noch mal.

„Oh, I don't think so", widersprach June sofort. „We'll see … So, Alice, dann komm mal mit. Sam, stützt du sie, please? Sie scheint mir a little bit schwach zu sein. Die Fieber …", murmelte sie und ging mit energischem Schritt voraus.

Alice hing mit Leidensmiene an Sams Arm und winkte Leo kraftlos zu. „Ich rufe dich nachher vielleicht an, falls ich dazu noch in der Lage bin."

Kaum hatte sich die Fahrstuhltür hinter ihnen geschlossen, brachen Alice, Sam und June in schallendes Gelächter aus.

„Ich weiß zwar nicht genau, what this is all about, aber ich hab really Spaß", kicherte June.

„Um Alice noch eine Weile in England zu halten, mussten wir uns was ausdenken", erklärte Sam lachend. „Da kam eine gefährliche Grippeepidemie gerade recht. Du bist übrigens eine tolle Ärztin!"

„Und was hältst du von der leidenden Patientin?", fragte Alice grinsend.

„Großartig! Deine Wandlung zur schwindsüchtigen Kameliendame war perfekt", lobte Sam.

„Ich muss noch kurz telefonieren, see you …", behauptete June höflich, als sie vor Alice' Zimmer ankamen. Sie kramte demonstrativ nach ihrem Handy und ging den langen Hotelflur entlang. Sam war seiner Freundin dankbar für ihre taktvolle Art.

Unschlüssig standen er und Alice sich schließlich im Zimmer gegenüber.

„Und jetzt?", fragte sie augenzwinkernd, während sie überlegte, wie die Chancen standen, dass sie die heutige Nacht mit Sam verbringen konnte. Vermutlich nicht sehr hoch, da er ja mit Junes Auto hergekommen war. Andererseits zeugten seine Berührungen unter dem Tisch davon, dass auch er gerne ausgiebig Wiedersehen mit ihr feiern würde. Vielleicht würde seine Freundin ja alleine zurückfahren, grübelte Alice, doch schon zerstörten seine nächsten Worte ihre Hoffnungen auf eine leidenschaftliche Nacht mit ihm.

„Wir warten noch ein bisschen, bis die angebliche Untersuchung beendet ist, und dann überbringen June und ich deinem Chef die niederschmetternde Diagnose, dass du mindestens drei Tage lang das Bett hüten musst und er ohne dich abreisen muss. Danach fahren wir leider zurück nach London, weil ich morgen ganz früh am Set von dem Film, zu dem ich das Drehbuch geschrieben habe, erwartet werde. Da ist schon seit langem ein wichtiges Meeting mit den Produzenten anberaumt", erklärte Sam, und Alice meinte, in seiner Stimme hören zu können, dass er es wirklich sehr bedauerte, nicht bei ihr bleiben zu können.

„Oh, wie schade", antwortete sie und sah enttäuscht zu Boden.

Er trat zu ihr, nahm ihr Gesicht in die Hände und gab ihr einen langen Kuss. Sie umschlang ihn mit den Armen und schmiegte sich an ihn. Langsam lösten sich ihre Lippen, seine Hände glitten am Kleid hinab und blieben auf ihrem Po liegen. Er lächelte sie zärtlich an.

„Aber morgen Abend sehen wir uns", sagte er geheimnisvoll.

„Wirklich? Kommst du her oder soll ich zu dir nach London kommen?", fragte Alice.

„Nein, ich habe andere Pläne mit dir."

Seine Stimme wurde rau, und Alice sah die winzigen Goldsprenkel in seinen Augen aufblitzen, als er ihr Becken fest an seine Hüften drückte. Sie konnte deutlich spüren, dass er sie begehrte, doch er hatte sich vollkommen unter Kontrolle. Etwas Fremdes, Verwirrendes lag in seinen Worten und vor allem in der Art, wie er sie gesprochen hatte. Das war nicht der nette

Sam, den sie zu kennen glaubte. Alice lief ein Schauder über den Rücken.

„Bist du bereit, dich auf etwas Unbekanntes einzulassen?", fragte er leise und ließ sie dabei nicht aus den Augen.

Alice schluckte. „Was meinst du damit?"

Er schüttelte unmerklich den Kopf, und seine Augenbrauen zogen sich leicht zusammen.

„Ich will nur wissen, ob du mir vertraust und vor allem, ob du den Mut hast, etwas Neues zu wagen", präzisierte er mit unerbittlichem Unterton.

Tausend Gedanken rasten durch ihren Kopf. Dunkle Bilder, die sie sonst nur in ihren Träumen sah. Erregende Szenen, von Peitschen und Leder, Dominanz und Unterwerfung. Konnte es sein, dass Sam das meinte, als er sie so eindringlich musterte und auf ihre Reaktion wartete? Sie sah ihn verwirrt an, schnappte nach Luft und brachte nur ein heiseres „Ja" heraus.

Die finstere Furche zwischen seinen Augenbrauen verschwand, und er lächelte sie zufrieden an.

„Gut. Ich wusste, dass du mich verstehst. Dann ruh dich jetzt aus. Ich lasse dir für morgen einen Termin im Spa-Bereich reservieren. Da wirst du massiert und verwöhnt, damit du für unseren Abend vorbereitet bist. Ein Fahrer wird dich später abholen und zu mir bringen. Du musst dich um nichts kümmern – das tue ich. Ist das klar?" Die letzte Frage stellte er mit einer gewissen Strenge, die keinen Widerspruch zuließ.

„Ja. Das klingt perfekt. Vielen Dank", antwortete sie zögernd und wunderte sich über das leichte Zittern, das in ihrer Stimme lag. „Ich bin sehr gespannt …"

Er gab ihr einen letzten langen, zärtlichen Kuss, nahm ihr Gesicht noch einmal in die Hände und blickte sie eindringlich an.

„Expect the Unexpected – erwarte das Unerwartete …“

Sie nickte stumm. Lächelnd verließ er das Zimmer und schloss die Tür leise hinter sich.

20. KAPITEL

Alice hatte unruhig geschlafen. Zu verwirrend waren die letzten Minuten mit Sam gewesen. Sie versuchte zu verstehen, was das alles zu bedeuten hatte. Sie erinnerte sich daran, wie sie vor fünf Jahren zum ersten Mal erotische Spiele mit Sam ausprobiert hatte und an die SM-Literatur, mit der er sie vertraut gemacht und die sie verschlungen hatte. Sie war auf Anhieb fasziniert davon gewesen, aber wohl noch zu unerfahren, um ihm deutlicher zu signalisieren, dass sie zu mehr bereit war als zu den erotischen Schachpartien, die sie damals miteinander gespielt hatten.

Das Grau des ersten Tageslichts stahl sich durch die Vorhänge, als sie sich schläfrig in ihre Bettdecke kuschelte. Düstere Fetzen ihrer nächtlichen Träume zuckten vor ihrem geistigen Auge. Sie konnte sie nicht recht fassen, doch sie hatten etwas Erregendes und zugleich Bedrohliches. Der Fremde im langen schwarzen Ledermantel war wieder einmal aufgetaucht. Alice schauderte, allerdings nicht vor Kälte, sondern vor Erregung. Unwillkürlich ließ sie ihre Hand zwischen die Beine gleiten.

Sie dachte an die verschiedenen Männer, mit denen sie sich im Laufe der vergangenen Jahre mal mehr, mal weniger vergnügt hatte. Keiner von ihnen hatte ihr den letzten entscheidenden Kick geben können. Nur in ihren Träumen und Fantasien hatte sie sich bisher getraut, sich dem Spiel von Macht und Gehorsam ganz hinzugeben.

Sollte es jetzt endlich Realität werden? Mit Sam MacAllan? Sie verspürte starke Sehnsucht nach seinen Armen, die sie hielten. Fest, ganz fest hielten. Seine strenge Stimme, die sie unterweisen und genau sagen würde, was zu tun war. Sie hoffte inständig, dass sie seine

Anspielungen richtig deutete. Und vor allem, dass er wusste, was er tat.

Erwarte das Unerwartete, hatte er zum Abschied gesagt ...

Alice war bereit für S. M. – bereit für Sam MacAllan.

Zum Glück war Leo bereits abgereist, als sie spät zum Frühstück ging. Er hatte ihr eine Nachricht hinterlassen, dass sie sich umgehend melden solle, sobald es ihr wieder besser ginge. Alice schmunzelte – darauf würde ihr Chef wohl noch ein Weilchen warten müssen.

Sie verbrachte den Tag in dem luxuriösen Hotel-Spa, wo Sam alles perfekt für sie organisiert hatte. Sie wurde zuvorkommend umsorgt, bekam duftende Bäder, Fuß- und Handmassagen, eine Ganzkörpermassage mit warmen Steinen und eine Gesichtsmassage. Mit heißem Wachs ließ sie sämtliche störenden Härchen von ihrem Körper entfernen, entspannte zwischendurch in der Sauna, wurde mit duftenden Aromaölen eingerieben und bekam ein dezentes Make-up.

Alice fühlte sich wie eine Haremsdame aus Tausendundeiner Nacht, die für ihre erste Begegnung mit dem Scheich vorbereitet wird. Und es gefiel ihr sehr, so behandelt zu werden.

Es dämmerte bereits, als die Rezeption endlich anrief, um mitzuteilen, dass ihr Fahrer in der Lobby auf sie wartete. Alice war in der letzten Stunde, in der sie überlegt hatte, was sie bloß für das Date mit Sam anziehen sollte, immer nervöser geworden. Schließlich entschied sie sich dafür, nur Spitzendessous und darüber den Trenchcoat anzuziehen, den sie zuknöpfte und mit dem Gürtel festknotete. Sie hoffte, dass es nicht allzu lange dauerte, bis sie mit Sam allein war, und dann würde sie sowieso keine Kleidung mehr brauchen. Jetzt schlüpfte sie in die Pumps, griff nach ihrer Handtasche und eilte zum Fahrstuhl. Schweratmend mahnte sie sich zur Ruhe, während sie hinunter zur Lobby fuhr.

Der Chauffeur begrüßte sie steif, mit der Mütze vor der Brust und einem Nicken. Dann hielt er die Tür eines schwarzen Rolls-Royce' auf und reichte ihr den Arm, um beim Einsteigen zu helfen. Beeindruckt von der eleganten Limousine ließ Alice sich auf die breite Rückbank gleiten. Der Fahrer setzte sich ans Steuer und drehte sich höflich lächelnd zu ihr um.

„Champagne is in the cooler, Mam."

„Oh, thank you …"

„You're welcome, Mam", antwortete er sehr förmlich. „We'll arrive in about an hour at Wilbour House. Make yourself comfortable and enjoy your stay, Mam."

Damit ließ er den Wagen an, und augenblicklich schob sich eine dunkle Trennscheibe lautlos zwischen ihn und Alice. Es war völlig still im Wageninneren. Selbst das Motorengeräusch war kaum wahrnehmbar. Wo würde er sie hinbringen? Nach Wilbour House? Was mochte das sein? Hoffentlich war das kein Missverständnis. Vorsichtig klopfte Alice an die Scheibe, die sich sofort wieder senkte.

„Excuse me, are you sure, that you came to pick me up, Sir?", fragte sie unsicher.

„My name is Hudson, Mam. Mr MacAllan sent his Rolls-Royce to bring Miss Alice to Wilbour House. And you are Miss Alice, aren't you, Mam?"

So langsam ging ihr sein vornehmes Getue auf die Nerven, aber sie fügte sich in ihr Schicksal.

„Yes, I'm Alice. Thank you, Mr Hudson."

„It's just Hudson, Mam." Damit schloss sich die dunkle Scheibe wieder, und Alice verdrehte die Augen.

Zum Glück erklang im gleichen Moment leise Lounge-Musik aus den Lautsprechern, und es war nicht mehr ganz so steif und unheimlich. Sie sah sich um, fand den Lautstärkeregler und drehte ihn etwas höher. Dann entdeckte sie den Champagner und schenkte sich das Kristallglas, das danebenstand, ein. Sie brauchte jetzt dringend etwas für ihre flatternden Nerven. Mit raschen Schlucken leerte sie das Glas, schenkte nach und ließ sich etwas entspannter in die weichen Ledersitze sinken.

Durch die abgedunkelten Scheiben flog die Landschaft im Schummerlicht vorüber – Wiesen und Felder, zum Teil mit Steinmauern aus dicken Findlingen durchzogen und ab und an Ortschaften mit pittoresken Häuschen. Sehnsüchtig blickte Alice den Pubs mit ihren im Wind schwingenden Blechschildern hinterher. Sie wurde immer unsicherer, ob es wirklich die richtige Entscheidung war, sich auf dieses Abenteuer einzulassen. Es fühlte sich alles so unwirklich an, wie in einem Film. Und sie hatte das unangenehme Gefühl, eine totale Fehlbesetzung für die Rolle der weiblichen Hauptdarstellerin zu sein.

Hatte Hudson wirklich gemeint, dass die edle Limousine, in der sie saß, Mr MacAllan gehörte?, grübelte sie. Sam schien zwar recht wohlhabend zu sein, aber besaß er tatsächlich einen Rolls-Royce? Ihr wurde bewusst, dass sie nur sehr wenig über ihn und seinen Lebensstil in England wusste.

Was hatte er bloß mit ihr vor? „Erwarte das Unerwartete …“

Alice schenkte sich ein weiteres Glas Champagner ein.

21. KAPITEL

„Excuse me, Mam …?“

Alice riss die Augen auf, als sie die gedämpfte Stimme hörte. Sie musste eingenickt sein. Verwirrt sah sie sich um und versuchte, sich zu orientieren. Sie saß im Auto und blickte in das distanziert höfliche Gesicht des Chauffeurs.

„Oh, Hudson!“, stieß sie hervor und setzte sich aufrecht hin. „Sind wir da?“

„Yes, Mam. This is Wilbour House.“

Er ging ums Auto, öffnete die Tür und half Alice beim Aussteigen. Als sie mit dem rechten Fuß Halt suchte, klaffte ihr Trenchcoat ein Stückchen auf und erlaubte Hudson für einen Moment freie Sicht auf ihre Strapse. Sie bemerkte seinen interessierten Blick. Doch sofort hatte er sich wieder im Griff und wies mit einem leichten Kopfnicken den Weg zum Haus.

Nur … „Haus“ war wohl nicht ganz der richtige Ausdruck …

Alice bestaunte mit offenem Mund das imposante Gemäuer, vor dem sie gehalten hatten. Scheinwerfer illuminierten die hohe Ziegelsteinfassade mit den zahlreichen Erkern und Türmchen. Wilbour House war nur unwesentlich bescheidener als „Downton Abbey“, das konnte sie trotz der inzwischen hereingebrochenen Dunkelheit erkennen. Das alte englische Herrenhaus mit seiner mächtigen Steinfront wirkte einschüchternd auf sie, doch Alice blieb keine Zeit, es sich jetzt noch anders zu überlegen. Hudson bot ihr mit einer leichten Verbeugung seinen Arm an.

„May I help you, Mam?“

„Ja, danke, thank you“, murmelte sie, stützte sich leicht auf ihn und stöckelte los. Ihre Absätze versanken knirschend in dem feinen weißen Kies der Auffahrt. Über eine breite Steintreppe erreichten sie das massive Eingangsportal, und Hudson geleitete sie in die Eingangshalle. Beim Anblick der imposanten Ölporträts, die die hohen Wände zierten, des glitzernden Kronleuchters an der Decke und der geschwungenen Freitreppe, die in den ersten Stock führte, stockte Alice der Atem.

„Your room is upstairs, Mam", erklärte ihr Begleiter und führte sie hinauf.

„Aber wo ist denn Mr MacAllan?", fragte Alice verwirrt.

„You'll meet him later for dinner, Mam."

Weshalb war Sam nicht da, um sie zu begrüßen? Wieso sollte sie ihn erst später, zum Essen treffen? Alles hier erschien ihr sehr seltsam.

Endlich hielten sie vor einer der vielen Türen an einem langen Flur. Ein verschnörkelter Schlüssel steckte im Schloss. Hudson öffnete, und staunend trat Alice ein.

„You'll find everything you need in here. I'll get you later for dinner. Enjoy your stay, Mam."

Er nickte ihr knapp zu und verließ das Zimmer. Alice zuckte zusammen, als sie hörte, wie der Schlüssel von außen umgedreht wurde.

„Hey! Hallo?! Was soll das? Kommen Sie sofort zurück", rief sie aufgebracht, rüttelte an der Klinke und trommelte mit den Fäusten gegen die Tür.

Das durfte doch alles nicht wahr sein! Worauf hatte sie sich da bloß eingelassen? Sie war zu einem wildfremden Mann ins Auto gestiegen, hatte sich kreuz und quer durchs Land fahren und dann widerstandslos in dieses Gruselschloss führen lassen. Obwohl hier keine Spur von Sam war. Und jetzt hatte der Kerl sie auch noch eingeschlossen. Verdammt! Was ging hier vor?

Mit einer Mischung aus Angst und Wut sah Alice sich hektisch nach einer Fluchtmöglichkeit um. Als sie die schmiedeeisernen Gitterstäbe vor den großen Fenstern entdeckte, stieg ihre Panik weiter. Sie war gefangen. Und niemand wusste, wo sie war …

Sie schluchzte verzweifelt auf und ließ sich resigniert auf das antike Bett mit dem lindgrünen Baldachin fallen. Plötzlich fiel ihr ein, dass sie ja ein Handy dabei hatte. Hektisch wühlte sie in ihrer Handtasche, zog es heraus und heulte gleich darauf wütend auf – kein Empfang! Aber sie durfte sich jetzt nicht hängenlassen. Entschlossen stand sie wieder auf und nahm ihr luxuriös ausgestattetes Gefängnis genauer in Augenschein. Auf dem filigranen Schreibtisch im Fenstererker entdeckte sie einen Brief.

„Für Alice", stand auf dem Umschlag. Sie riss ihn auf und las:

Liebe Alice,
herzlich willkommen in Wilbour House. Ich hoffe, Du hattest eine angenehme Fahrt mit Hudson. Entschuldige bitte seine Förmlichkeit – er ist eben ganz die alte englische Schule. Aber dafür sehr zuverlässig und treuergeben.
Du wirst Dich wahrscheinlich darüber gewundert haben, dass er Dich in Deinem Zimmer eingeschlossen hat. Nun, ich hatte ihn darum gebeten.

Wie bitte?! Sam hatte das so arrangiert? Was bildete der Kerl sich ein? Wütend las Alice weiter.

Wie Hudson Dir bereits sagte, findest Du alles, was Du brauchst, in Deinem Zimmer. Im Schrank hängt Dein Outfit, das Du bitte später beim Dinner tragen wirst. Passende Lektüre, als Einstimmung auf die kommenden Stunden, liegt auf dem Schreibtisch …

Alice griff nach dem abgegriffenen Buch, das unter dem Brief gelegen hatte und erstarrte, als sie den Titel las: „Die Geschichte der O." von Pauline Réage … Den Sadomaso-Klassiker hatte Sam ihr schon einmal, damals in Berlin, zum Lesen gegeben. Sie hatte die Geschichte einer Liebe, die sich ganz und gar um die weibliche Unterwerfung drehte, verschlungen und war fasziniert von der Figur der O. gewesen, die sich bewusst und freiwillig in ihre Rolle fügt, sich nach allen Regeln der SM-Kunst in einem Schloss foltern lässt und dabei schließlich Lust empfindet. Zwar hatte Alice die Vorstellung, dass ihr Geliebter sie, wie in dem Buch, als Lustobjekt anderen Männern zur Verfügung stellt, immer abgestoßen, doch die Sehnsucht und das Verlangen nach aufregendem SM-Sex hatte sie seit der Lektüre zum ersten Mal deutlich gespürt.

Ihr Herz raste – vor Angst, jedoch gleichzeitig voller sehnsüchtiger Erwartung.

Falls Du Dich noch ein bisschen frisch machen möchtest – hinter der Tapetentür neben dem Bett befindet sich ein Badezimmer. Du hast genügend Zeit, ein heißes Bad zu nehmen, bevor man Dich zum Dinner abholt.

Entspann Dich und mach Dir keine Gedanken darüber, was heute Nacht mit Dir geschehen wird. Du wirst es nicht erraten.

Verlass Dich darauf, dass ich genau weiß, was Dir guttut. Es wird ein sehr besonderer Abend, soviel ist sicher – für mich, aber vor allem für Dich.

Doch ich will nicht zu viel verraten, sonst wäre es ja keine Überraschung mehr – für Dich …

Erwarte das Unerwartete!
Sam
P.S. In der roten Schatulle findest Du ein besonderes Geschenk

Völlig durcheinander von seinen Worten und den Bildern, die ihr die Erinnerung an die Geschichte der O. bescherten, sah sie sich um. Da, auf dem Nachttisch lag die Schatulle. Eilig durchquerte Alice das Zimmer und griff nach dem roten Kästchen. Sie setzte sich aufs Bett und betrachtete es von allen Seiten. Es war ein antikes Schmuckkästchen, verziert mit feinen Intarsien aus schimmerndem Perlmutt, die vom Kamasutra inspiriert waren und winzige kopulierende Paare darstellten. Es wog schwer in ihrer Hand. Alice atmete tief ein und klappte den Deckel auf.

Auf roten Samt gebettet, lag da eine goldene Kette mit einem Anhänger, länglich und dünn, nur halb so lang wie ihr kleiner Finger. Fasziniert nahm sie das Schmuckstück in die Hand und betrachtete es genauer – es war eine winzige Reitgerte. Griff und Schlaufe waren fein gearbeitet, und am Ende lief die Miniaturpeitsche in einer breiten Klatsche aus.

Nervös schluckte Alice. Die Botschaft war eindeutig: Mit der großen Schwester des Kettenanhängers würde sie heute wohl noch nähere Bekanntschaft machen. Mit einer Mischung aus Vorfreude und Beklommenheit legte sie die Kette zurück auf ihr Samtkissen.

Während im Bad die Wanne volllief, in die sie duftendes Ylang-Ylang-Öl geträufelt hatte, inspizierte sie den Kleiderschrank. Ein Teil nach dem anderen legte sie aufs Bett:

Ein mit Nieten besetzter Leder-BH, der den größten Teil des Busens frei ließ, der passende Lederstringtanga war vorne ebenfalls mit Nieten verziert. Eine schmale Lederkorsage mit Frontschnürung würde ihre Taille umschließen. Dazu halterlose Strümpfe und schwarze Lackpumps mit extrem hohen Absätzen, auf denen sie unmöglich mehr als drei Schritte würde allein gehen können. Das Lederhalsband hatte drei massive

Metallringe, genau wie die Hand- und Fußfesseln, die um die Gelenke gegürtet wurden. Zuletzt besah sie sich den langen Umhang aus glänzendem, tiefroten Seidensatin, der nur mittels einer Schleife am Hals zusammengehalten wurde. Alice ließ ihre Finger nachdenklich über das Wildleder an der Innenseite der Korsage streichen. Es fühlte sich warm an.

Nach dem wohltuenden Bad cremte sie ihren Körper sorgfältig mit der bereitstehenden Bodylotion ein und betrachtete sich eingehend im Spiegel. Sie strich mit den Händen über Busen und Bauch, dann verteilte sie die cremige Körpermilch zwischen den Beinen. Sie wollte geschmeidig für Sam sein.

Schließlich zog sie das bereitgelegte Outfit Teil für Teil an. Alles passte wie angegossen. Sie legte sich das Lederband mit den Metallringen um die Kehle und schloss die Schnallen der Fesseln um Hand- und Fußgelenke. Fasziniert betrachtete sie sich in dem alten, milchigen Wandspiegel neben der Tür. Ihr gefiel, was sie sah – hoffentlich sagte es auch Sam zu.

Zum Schluss legte sie die Halskette mit der goldenen Miniatur-Peitsche um. Das Edelmetall schien auf ihrer Haut zu glühen, der längliche Anhänger schmiegte sich in den Spalt zwischen ihren Brüsten.

Sie zuckte zusammen, als sich der Schlüssel im Schloss drehte und die Tür geöffnet wurde. Ein Mann in schwarzer Uniform stand vor ihr.

„Dinner is served, Mam", unterrichtete er sie knapp.

Alice atmete auf, als sie die Stimme von Hudson erkannte. Endlich! Gleich würde sie Sam sehen. Dankbar nahm sie den höflich angebotenen Arm des Butlers an und stieg unsicher neben ihm her die Treppe hinab. Doch mit jedem Schritt bewegte sie sich etwas sicherer auf den hohen Absätzen.

Er führte sie durch die weitläufige Eingangshalle zu einer gewaltigen Flügeltür.

„Wait – until the Master will call you", beschied er ihr kurz, ließ sie vor der geschlossenen Tür stehen und verschwand um die Ecke.

Mit klopfendem Herzen verharrte Alice wie gelähmt, bis Sam sie hereinbitten würde. Die Minuten verstrichen quälend langsam. Sie nestelte unsicher an ihrem Umhang und bemühte sich, wenigstens äußerlich ruhig zu erscheinen.

Hatte sie Hudson etwa falsch verstanden? Vielleicht sollte sie gar nicht hier draußen, sondern drinnen stehen? Vorsichtig lauschte sie an der Tür, konnte aber nichts hören. Also wartete sie weiter, während ihr Blut durch die Adern raste und ihre Füße anfingen zu schmerzen.

22. KAPITEL

„Komm rein, Alice!“

Der gebieterische Tonfall ließ sie zusammenschrecken. Es war eindeutig Sam, der sie rief. Sie atmete tief ein und stemmte die hohe, schwere Tür auf. Ihr stockte der Atem bei dem Bild, das sich ihr bot. Im gedämpft flackernden Kerzenschein tat sich ein eleganter Speisesaal vor ihr auf. Die hohen Wände waren mit Landschaftsgemälden und Spiegeln geschmückt, an der Seite loderte ein Feuer im mannshohen Kamin. Vor ihr erstreckte sich eine für mindestens zehn Personen gedeckte Tafel. Darauf türmten sich Schalen mit Früchten und Platten mit aufwendig dekorierten Speisen zwischen silbernen Leuchtern. Außer dem Kaminfeuer waren Kerzen die einzigen Lichtquellen. Am anderen Ende des langen Tisches stand Sam!

Bei der spärlichen Beleuchtung wirkte er fremd auf sie, in seinem hochgeschlossenen, bodenlangen schwarzen Ledermantel.

„Komm näher“, wies er sie mit einer auffordernden Handbewegung an.

Bemüht, sich auf den hohen Schuhen möglichst elegant zu bewegen, schritt Alice auf ihn zu. Mit einer Mischung aus Furcht und Vorfreude stand sie schließlich direkt vor ihm und lächelte ihn unsicher an.

„Hallo Sam …“

„Hallo Alice, lass mich dich anschauen“, antwortete er kaum vernehmlich und betrachtete sie eingehend. Alice wand sich innerlich unter seinem kühlen Blick, doch sie verharrte still. Wortlos griff er nach ihrem Umhang und zog ihn ein Stückchen auseinander. Er begutachtete die Dessous, die mehr preisgaben, als sie verbargen. Dann lächelte er zufrieden und strich wie beiläufig über den goldenen Anhänger, der zwischen ihren

Brüsten baumelte. „Wie ich sehe, hast du alles gefunden, was ich für dich bereitgelegt hatte.“

„Ja …“, stammelte sie unsicher und musste sich räuspern. „Aber was soll das alles? Wo bin ich hier, weshalb hast du mich einsperren lassen und für wen ist hier noch gedeckt?“

„Pssst“, mahnte er sie. „Du bist nicht hier, um Fragen zu stellen. Ich werde dir alles, was du wissen musst, sagen. Du wirst nur sprechen, wenn ich dich dazu auffordere.“

„Aber Sam …!“, unterbrach sie ihn aufgebracht.

Seine goldgesprenkelten braunen Augen verengten sich zu schmalen Schlitzen. Er funkelte sie an.

„Hast du mich nicht verstanden? Widerspruch gegen meine Befehle steht dir hier nicht zu. Du wirst dich in das fügen, was ich bestimme. Und wenn nicht, dann wirst du dafür bestraft.“ Er hob gebieterisch die Stimme, und Alice zuckte unwillkürlich zusammen.

Wieder strich er über die goldene Peitsche an ihrem Hals, die im Kerzenschein glitzerte. „Setz dich, dann erfährst du alles.“

Sie wollte sich gerade neben ihm auf den kunstvoll gedrechselten Stuhl an der Ecke des Tisches niederlassen, als er sie zurückhielt.

„Nicht da! Dort!“

Er deutete auf eine schmale Fußbank mit dunkelrotem Samtpolster, die neben seinem thronartigen Sessel am Kopfende stand.

Folgsam kniete sie sich darauf.

„So ist es recht“, lobte er und ließ sich auf seinen Stuhl nieder. „Du wirst sicher Hunger haben.“

Alice nickte leicht.

„Wenn ich dich etwas frage, dann antwortest du mir“, wies er sie sogleich zurecht.

„Äh, ja, ich habe Hunger, Sam“, sagte sie leise.

„Für dich bin ich ab sofort nicht mehr Sam, sondern du nennst mich ‚Sir‘ oder ‚Master‘. Ist das klar? Also noch mal!“

„Ja, ich habe Hunger, S … Sir.“

„Braves Mädchen. Du lernst schnell. Das muss belohnt werden. Öffne deinen Mund!“

Alice kniete mit geöffneten Lippen an seiner Seite und wartete ängstlich darauf, was er ihr zu essen geben würde.

„Schließ deine Augen und genieße.“

Er wartete, bis ihre Lider geschlossen waren, und fütterte sie mit einem zierlichen Perlmuttlöffel.

Alice erkannte den salzigen Geschmack und ließ die winzigen, glatten Kügelchen über ihre Zunge rollen, bevor sie sie sanft am Gaumen zerdrückte und hinunterschluckte.

„Du liebst doch Kaviar, oder?“

„Mmmmhhhh, oh ja …“, murmelte sie verzückt, und dachte an die Nacht mit Sam, als sie gemeinsam Kaviar und Champagner genossen hatten. Es schien Ewigkeiten her zu sein. Zu jener Zeit hätte sie nicht im Traum vermutet, welche andere, dunklere Seite sich in ihrem Liebhaber verbarg.

„Ja, was?“, riss seine barsche Stimme sie aus den Gedanken.

„Sir! Ja, Sir“, stammelte sie sofort.

„Gut, dann darfst du die Augen wieder öffnen und ein bisschen mehr davon essen.“

Er schob erst ihr ein Bliny mit einem Häufchen schwarzen Fischrogens in den Mund und aß dann selber eins. Nach dem dritten Häppchen fragte er: „Magst du einen Schluck Champagner dazu?“

„Ja, bitte, Sir.“

Zufrieden lächelnd hielt er ihr einen Kristallkelch an die Lippen und ließ sie in kleinen Schlucken trinken. Dann lehnte er sich mit seinem Glas entspannt zurück und musterte sie minutenlang schweigend. Alice' Knie schmerzten von der ungewohnten Haltung, und sie überlegte, weshalb er sie so anstarrte. Erwartete er irgendeine Reaktion von ihr? Hatte sie irgendetwas falsch gemacht? Auf was wartete er? Auf die anderen Gäste, für die der Tisch augenscheinlich gedeckt war? Verunsichert schlug sie die Augen nieder und knetete ihre Hände unter dem Umhang.

„Ich denke, es wird Zeit, dass ich dir einige Dinge erkläre", sagte er schließlich. Er hielt kurz inne, als sie nicht reagierte. „Schau mich an!"

Sie blickte erwartungsvoll zu ihm auf. Endlich würde sie erfahren, was hier vor sich ging und worauf sie sich eingelassen hatte.

„Wir kennen uns schon lange, Alice. Damals in Berlin ..." Er machte wieder eine Pause. „Du warst noch sehr jung und unerfahren, aber du schienst meine speziellen Fantasien zu teilen. Du hast die Bücher, die ich dir gab, gelesen und augenscheinlich genauso gemocht wie ich. Du schienst dich danach zu sehnen. Ich dachte, mit dir könnte ich tiefer gehen in diese wunderbare dunkle Welt. Aber dann hast du mich für einen x-beliebigen Kerl verlassen." Seine Stimme vibrierte zornig, doch sogleich hatte er sich wieder unter Kontrolle und fuhr gelassen fort: „Um meine Gelüste zu befriedigen, musste ich mich daher anderweitig umsehen. Im Laufe der Jahre gab es verschiedene Frauen, die bereit waren, sich von mir dominieren zu lassen, doch es war nie so, wie es mit dir hätte sein können, da war ich mir immer sicher. Sie waren alle nur eine zweitklassige Kopie, gaben mir allerdings die Möglichkeit, meine Technik zu verfeinern, wenn du verstehst, was ich meine. Doch irgendwann wollte ich nicht mehr nur zweite Wahl. Ich wollte das Original. Dich, Alice."

In seinen dunklen Augen glitzerte es gefährlich. Er nahm einen tiefen Schluck Champagner, bevor er ihr den Kelch vor den geöffneten Mund hielt. Dankbar nippte sie daran. Sie hing fasziniert an seinen Lippen und saugte jedes seiner Worte auf.

„Deshalb habe ich nach dir gesucht und dich schließlich wiedergefunden. Ich war erleichtert, dass du nicht in einer spießigen Ehe gelandet, sondern immer noch so frei wie damals warst. Und dass auch du mich scheinbar nicht vergessen hattest. Unser viel zu kurzes Wiedersehen war für mich nur ein vielversprechender Anfang, doch dann kamen deine Mails, in denen du mir von deinen diversen Fickabenteuern mit anderen Kerlen berichtet hast. Das machte mich sehr wütend. Ich war mir sicher, dass keiner von ihnen dir bieten konnte, was ich dir geben kann, und dass du das irgendwann erkennen und zu mir kommen würdest."

Scheinbar gedankenverloren spielte er an der Schleife um ihren Hals, zog schließlich daran und ließ den Umhang über ihre Schultern gleiten. Nur in den Lederdessous kniete sie nun vor ihm. Er betrachtete ihren Körper, ohne sie zu berühren. Dann lehnte er sich zurück und sprach weiter.

„Ich habe als Dom im Laufe der Jahre schon einige Subs ausgebildet. Das hat mir Spaß gemacht, aber irgendwann verlor ich immer die Lust an ihnen, weil sie mir nur wie abgerichtete Hündchen vorkamen. Es gefiel mir zwar, dass sie widerspruchslos jedem meiner Wünsche Folge leisteten, aber sie waren nicht intelligent genug, um dieses Zusammenspiel aus Dominanz und Unterwerfung tatsächlich leben zu können."

Er blickte sie gespannt an, und Alice nickte leicht, weil sie verstand, was er ihr gerade eröffnete. Scheinbar zufrieden mit ihrer Reaktion fuhr er fort: „Es gehört nicht nur ein starker Wille dazu, Dom zu sein. Auch die Sub muss aus eigenem Antrieb das Verlangen haben, sich ernsthaft und voller Leidenschaft hinzugeben. Mir geht es nicht um irgendwelche SM-Spielchen, die gerade in Mode sind, ein bisschen Ausgepeitsche und Bondage für Laien. Mir liegt auch nichts am Quälen um des Quälens willen. Ich spiele nicht, sondern es ist mein voller Ernst. Ich will dich mit Haut und Haaren besitzen, Alice, und gleichzeitig ganz dir gehören.“

Die letzten Worte hallten in ihrem Kopf nach. Er wollte ganz ihr gehören … Das bedeutete, dass er sie ebenso begehrte, wie sie ihn.

„Ich werde mit dir machen, was und wann immer es mir beliebt. Dafür verspreche ich, dich in ungeahnte Höhen und Bereiche sexueller Lust und Leidenschaft zu führen, von denen du bisher nicht mal geträumt hast.“

Sie sog den Atem scharf ein, als ihr die Tragweite des Gesagten klar wurde.

„Das ist mein Angebot, Alice. Wenn du zustimmst, gibt es kein Zurück und keine Halbheiten. Du bekommst mich nur ganz oder gar nicht. Wenn es dir nicht gefällt, was ich mit dir vorhabe und was ich dir schon heute Nacht hier zeigen werde, kannst du morgen gehen, wohin du willst – zurück nach Berlin in dein gewohntes Leben. Dann siehst du mich nie wieder. Oder du bleibst bei mir – für immer.“

Er verstummte, spielte versonnen mit seinem Glas und nahm schließlich einen tiefen Schluck. Alice riss die Augen auf, um ihm zu signalisieren, dass sie ihm antworten wollte, doch er ließ sich Zeit, bevor er ihr die Möglichkeit dazu gab. Endlich stellte er ihr eine Frage: „Nun, was sagst du? Aber überlege genau, bevor du antwortest.“

Ihr Mund war völlig ausgedörrt und sie musste sich räuspern, bevor sie antworten konnte: „Ich … Ich … Nun … Muss ich mich sofort entscheiden?“

Er lachte auf.

„Ich wusste, dass du so intelligent bist, nicht einfach zu allem gleich Ja und Amen zu sagen. Das liebe ich so an dir, Alice. Nein, du wirst dich erst morgen entscheiden müssen. Die heutige Nacht soll dir einen Vorgeschmack auf das, was dich erwartet, geben. Und wenn auch mir gefällt, was heute noch passiert, dann machen wir morgen einen Vertrag miteinander.“ Er nahm einen Schluck und sah ihr direkt in die Augen. „Genug geredet. Es wird Zeit, dass Taten folgen. Steh auf!“

Sein beherrschter Tonfall hatte sich schlagartig geändert, und sein Befehl duldete keinen Widerspruch. Alice stützte sich von dem Samtschemel ab und kam etwas wacklig auf den hohen Pumps zum Stehen. Ihre Beine kribbelten, als das Blut wieder ungehindert zirkulieren konnte.

„Hol mir die Flasche von der Anrichte dort drüben.“ Er deutete quer durch den Raum, und sie ging in die gewünschte Richtung. Alice spürte seine Blicke, die über ihren Rücken, den winzigen String zwischen ihren Pobacken und die Beine strichen. „Halt dich gerade und schön langsam. Ich will dich dabei betrachten.“

Vorsichtig nahm sie den Champagner aus dem Eiskübel. Die Flasche tropfte, und sie sah sich vergeblich nach einem Tuch um.

„Streif das Wasser zwischen deinen Brüsten ab“, wies er sie an.

Zitternd presste sie die eiskalte Flasche an ihren Brustkorb. Das Glas klirrte leise, als es an die Nieten ihres BHs stieß.

„Das reicht. Schenk mir ein.“

Er hielt ihr sein Glas hin. Dann lehnte er sich wieder zurück und trank.

„Ich denke, ich möchte Früchte zum Dessert. Gib mir eine der Bananen da.“

Er deutete auf den üppigen Silberkorb, der vor exotischen Früchten schier überquoll und der Alice schon beim Eintreten aufgefallen war. Sie musste sich weit vorbeugen, um die Fruchtschale, die mitten auf der breiten Tafel stand, zu erreichen. Bei näherem Hinsehen stellte sie irritiert fest, dass die Früchte gar nicht echt waren. Fragend hielt sie eine glänzendbemalte Holzbanane hoch, und Sam bedeutete ihr, damit zu ihm zu kommen.

„Tja, das ist wohl nur ein Requisit – wie so vieles in diesem Haus …“ Als er ihren verständnislosen Blick sah, lächelte er: „Nun, hier wurde vor Kurzem ein Film gedreht, nach meiner Drehbuchvorlage. Du kannst dir die Handlung sicher inzwischen ein wenig ausmalen. Die Produktion war begeistert, dass sie in Wilbour House kaum etwas verändern musste, denn ich habe es sehr speziell ausgestattet – genau nach den Bedürfnissen, die ich habe. Ich spiele mit dem Gedanken, bald ganz hierherzuziehen – mit dir …“

Er betrachtete nachdenklich die Banane und ließ sie durch seine Finger gleiten. Beiläufig tauchte er die Frucht in sein Glas und hielt sie Alice hin. Sie begriff und begann gehorsam, den Champagner abzulecken.

Ihr schossen beängstigende Bilder durch den Kopf, während sie auf seine Finger, die wieder mit der Banane spielten, starrte. Dieses riesige Herrenhaus gehörte ihm? Was mochte sie hier noch erwarten? Sein Reichtum und seine Gelüste überstiegen alles, was sie sich vorgestellt hatte.

Mit einer einzigen Handbewegung schob er das Geschirr vor sich beiseite. Alice zuckte zusammen, als die Gläser aneinander klirrten.

„Zeig mir deine Hände.“

Irritiert streckte sie ihm die Arme entgegen. Er griff in seine Manteltasche und zog ein massives Vorhängeschloss heraus, das er durch die Metallringe an ihren Handgelenkfesseln fädelte und zuschnappen ließ.

„Jetzt dreh dich um und beug dich vor“, befahl er ihr. „Ja, ganz weit, mit dem Oberkörper auf dem Tisch. Und nun spreiz die Beine für mich“

Alice presste Bauch und Busen auf den kühlen Holztisch, stellte sich auf die Zehenspitzen und öffnete ihre Beine. Sie fühlte, wie Sam, der in Augenhöhe hinter ihr saß, das Lederbändchen ihres Strings beiseiteschob und mit seinen Fingern langsam zwischen ihren Schenkeln entlangstrich.

„Sehr verführerisch … So rosig und schon ein bisschen feucht“, stellte er fest.

Seine Hand glitt vor und zurück, erst sanft, dann immer fester und schneller. Alice unterdrückte ein Stöhnen, als er mit einem Finger in sie eindrang. Sie fühlte, dass er nach und nach immer geschmeidiger, auf dem feuchten Film in ihr, auf und ab glitt. Dann nahm er einen weiteren Finger hinzu und schließlich noch einen. Alice atmete heftiger und genoss es, nach so langer Zeit endlich wieder tief in sich von Sam berührt zu werden. Doch plötzlich zog er seine Hand zurück, und noch bevor sie sich irritiert umschauen konnte, spürte sie etwas Hartes zwischen ihren weichen Schamlippen. Er zögerte nicht, sondern stieß die hölzerne Banane in sie. Alice schrie leise auf, als sie von dem Fruchtdildo schmerzhaft geweitet wurde.

„Ja, lass es dir schmecken! Ein ganz besonderes Fruchtdessert für so ein Früchtchen wie dich“, lachte er leise und presste die glatte Holzfrucht erneut in sie.

Von Mal zu Mal drang er tiefer in ihre sich langsam dehnende Vagina ein. Es fühlte sich verdammt gut an, und Alice reckte ihr Becken begierig ein Stückchen höher. Sie wurde von dem Dildo völlig ausgefüllt und wollte mehr. Sie stützte sich mit den Händen leicht ab, presste sich seiner Hand rhythmisch entgegen und empfing dankbar jeden seiner Stöße. Erregt stöhnte sie auf.

„Still! Schreien darfst du nur, wenn ich es dir erlaube. Streck die Arme aus!"

Sie reckte die gefesselten Arme nach vorne und war ihm völlig ausgeliefert. Er stieß wieder und wieder zu, und sie hatte keine Chance, ihm zu entkommen. Ihre Finger tasteten auf dem Tisch herum und umschlossen schließlich den Fuß des silbernen Kerzenleuchters. Sie klammerte sich daran fest, presste ihren Mund auf den Oberarm und bemühte sich, nicht aufzustöhnen, obwohl sie spürte, dass sie kurz davor war, zu kommen.

Das schien auch Sam zu bemerken. Mitten in der Bewegung hielt er plötzlich inne. Der Holzdildo steckte in ihr, doch er bewegte sich nicht mehr. Ungeduldig ließ sie ihr Becken kreisen, wollte nicht, dass er so kurz vor dem Höhepunkt aufhörte, doch er ließ sie zappeln, zog den Dildo heraus und gab ihr einen kräftigen Klaps auf den Hintern.

„Nicht so ungeduldig! Richte dich auf und sieh mich an", befahl er.

Schwer atmend löste sie ihre verkrampften Finger vom Leuchter, drehte sich zu ihm um und sah ihn fragend an.

Seine goldgesprenkelten braunen Augen sahen sie streng an.

„Ich ficke dich, solange es mir gefällt, und nur ich entscheide, ob und wann du kommen darfst. Ist das klar?", herrschte er sie drohend an.

„Ja, Sir", sagte sie leise.

„Und jetzt bist du noch nicht dran, sondern erst mal ich. Komm mit.“

Er griff entschlossen nach ihren Handfesseln und zog sie mit sich. Alice stolperte hinter ihm her, hinaus auf die nächtliche Terrasse. Vor ihnen lag der weite Park, der im fahlen Mondlicht seine Konturen schemenhaft preisgab. Es war sommerlich warm, trotzdem fröstelte sie. Es herrschte eine geheimnisvolle Stimmung hier draußen, eine absolute Stille, als wenn sie völlig allein auf der Welt wären. Nur sie und Sam. Doch angesichts ihrer gefesselten Hände war hier kein Platz für süßliche Romantik unterm Sternenhimmel. Er blieb stehen und drehte sich zu ihr um, und ihr schossen seine deutlichen Worte durch den Kopf:

Mir geht es nicht um irgendwelche SM-Spielchen, die gerade in Mode sind, ein bisschen Ausgepeitsche und Bondage für Laien. Mir liegt auch nichts am Quälen, um des Quälens willen. Ich spiele nicht, sondern es ist mein voller Ernst. Ich will Dich mit Haut und Haaren besitzen, Alice, und gleichzeitig ganz dir gehören. Erwarte das Unerwartete …

In diesem Moment wusste Alice, dass sie bereit dazu war. Sie wollte sich ihrem Master unterwerfen, seinen Befehlen gehorchen, sich von ihm besitzen lassen. Doch würde sie es tatsächlich aushalten? Plötzlich zweifelte sie wieder. Was würde er mit ihr anstellen? Welche Geheimnisse verbargen sich noch in diesem Haus? Vor ihrem inneren Auge sah sie Peitschen, Paddel, Knebel, Streckbänke und Kreuze, an die sie gefesselt wurde. Er würde wissen, was zu tun war.

Schweigend stand Sam vor ihr. Er überragte sie fast um Haupteslänge. Sie konnte den Ausdruck seiner Augen in der Dunkelheit nicht erkennen. Die nächtlichen Schatten zeichneten eine dunkle Maske auf sein kantiges Gesicht. Ein Gefühl des Wiedererkennens durchzuckte sie. Doch bevor sie wusste, woran er sie in diesem Moment erinnerte, legte er seine Hand auf ihrem Kopf und murmelte: „Knie dich hin.“

Als sie den kühlen Steinfußboden schmerzhaft unter ihren Knien spürte, schoss ihr die Erkenntnis mit voller Wucht in den Kopf. Jetzt wusste sie, an wen Sam sie mit dem dunklen Schatten im Gesicht erinnert hatte, und sie wusste genau, was jetzt passieren würde …

Der erotische Traum, den sie seit Jahren wieder und wieder geträumt hatte, von dem fremden Mann mit der Maske, dem sie auf einer nächtlichen Straße zu Willen gewesen war, war Wirklichkeit geworden. Nicht mit dem Mann, den sie bisher zu kennen glaubte, sondern mit diesem veränderten, fremden, dominanten Sam MacAllan. Mit S. M. – ihrem Master. Er, und nur er, schien ihre heimliche Sehnsucht erfüllen zu können, die Sehnsucht nach SM.

Alice lächelte glücklich, als ihr Dom schweigend seinen weiten Mantel öffnete, einen Schritt auf sie zu machte und sie mit dem weichen Leder ganz umhüllte. Indem er ihre bisher gekannte Wirklichkeit in diesem Moment komplett ausschloss, eröffnete er ihr eine unbekannte, gleichzeitig beängstigende und erregende neue Welt – als seine Sub. Dankbar öffnete sie ihren Mund für ihn.

DOPPELTES SPIEL
Auf den Seychellen geht das erotische Spiel weiter!
Endlich wieder vereint mit ihrem Dom Sam MacAllan, genießt Alice hemmungslose Unterwerfung und erregende Erfüllung. Doch etwas ist anders, seit sie mit Dhiren Singh im Helikopter auf Sams exklusiver Privatinsel gelandet ist: Ihre geheimen Fantasien drehen sich plötzlich um den exotischen Inder mit den faszinierend grünen Augen, Sams Freund seit Oxford-Zeiten. Sie sehnt sich danach, auch ihm zu gehören. Ihr Master erhört ihr stummes Flehen: Sam ist bereit, sie mit dem anderen Mann zu teilen! Als Dhiren sie in die sinnliche Welt der indischen Liebeskunst entführt, beginnt für Alice ein doppeltes Spiel. Hin- und hergerissen zwischen der süßen Folter durch ihren Master im Schwarzen Salon seiner Traumvilla und den erotischen Genüssen, die Dhiren ihr bietet, merkt sie nicht, dass ihrem Inselparadies schreckliches Unheil droht ...